U0043652

戲劇館

戲 劇 館

我駕著翅膀穿透黑夜

著者 —— 王婉容・楊璧瑩

主編 —— 汪其楣

責任編輯 —— 曾淑正

發行人 —— 王榮文

出版發行 —— 遠流出版事業股份有限公司

臺北市汀州路 3 段 184 號 7 樓之 5

郵撥／0189546-1

電話／2365-1212　傳真／2365-7979

香港發行 —— 遠流（香港）出版公司

香港北角英皇道 310 號雲華大廈 4 樓 505 室

電話／2508-9048　傳真／2503-3258

香港售價／港幣83元

法律顧問 —— 王秀哲律師・董安丹律師

著作權顧問 —— 蕭雄淋律師

2002年2月1日　初版一刷

行政院新聞局局版臺業字第1295號

售價新台幣250元（缺頁或破損的書，請寄回更換）

版權所有・翻印必究　Printed in Taiwan

ISBN　957-32-4566-3

YL*ib*.com 遠流博識網

http：//www.ylib.com

E-mail：ylib@ylib.com

台灣盲人戲劇演出實錄

我駕著翅膀穿透黑夜

王婉容
楊璧瑩

著

定場詩 —— 為戲劇館揭幕

戲劇閱讀的時代來臨了。

人類的想像力透過文字，成為呼風喚雨的語言，成為激盪心靈的場景，成為情緒綿延、思質起伏、不易言喻的，感性上的認知。

觀劇的即時性、臨場感，相對於私密閱讀的無遠弗屆、不限時空。與眾同歡共泣的集體行為，相對於在一己的當下，就形成最小單位之劇場的恣意與精準，不僅在今日的都市生活中互補並存，而且造成分享熱鬧與探索門道之間更為雋永的循環。

戲劇既是一個高度發展的現代社會中最成熟的表達方式，戲劇亦被視為學習行為中最自然有效的摹擬、感染與散播。台灣戲劇活動頻繁，成為不可忽視的文化動力，各年齡、各階層對舞台演出有無盡的興趣與嚮往，許多人透過劇場這樣的藝術與紀律，凝聚了集體的心靈，展現了個體獨特的才華，迸發了性情深層的創造力，在舊有制度和觀念的重重障礙下，台灣劇場的創作，仍然有令人亮眼心動的表現。這樣的創作人才和創作影響值得鼓勵和累積，而未來人文藝術永續發展中對於戲劇

資源與教材的渴求，更使遠流責無旁貸地負起開設戲劇館的使命。

　　目前以出版台灣各劇種的創作為主，外來作品為輔。戲劇文學，演出圖譜、記實，劇場各項設計及聲光圖、文錄，表、導演思維與實踐的闡述探討，劇場相關藝術與製作的原理、方法及科技種種，都是館裡的戲碼。

　　戲劇觀眾及讀者將在劇場及網路內外滋生、互動，戲劇藝術家和劇場工作者，在戲劇館內外也有更大的空間和不同的表達機會，透過不斷的搬演與閱讀，甚至殊途另類的再製作、再發揮，屬於大眾的戲劇館，提供藝術經驗多元的流通與薪傳的未來。

　　戲劇開館，精采可期。作為出版者，在此為您提綱挈領、暗示劇情，一如傳統戲曲的演員粉墨登場之時，先吟唱一曲定場詩詞，與觀眾一同期待所推出連臺好戲的無限興味。

王榮文

我駕著翅膀穿透黑夜

目次

發光發熱的舞台

■汪其楣

　　盲與聾，一直是我人生中無法停止追尋的感受世界。對我這樣一個以視覺、聽覺交感與組合來發展作品的舞台劇導演；或是一個以感官經驗的世界做為立體化思考依憑的國文老師，盲人與聾人的「缺少」，正是我的「不明」和「界線」。我渴望進入聽不見或看不見的人對語言或圖像的聯想，對韻律、節奏、意境的感應，以及他們在噪音阻隔的靜默之中，或無光色雜擾的純淨地帶，如何另自發展了其他感官的敏感，又如何形成了對人間事物細膩的洞察。

　　二十多年前，由於開始做聾劇團而貼近聾人的感覺與生活，我成為聾族的一員。在我們的手語之家，用眼睛和肢體溝通，用開敞的心體會和交融，我真的覺得自己只是個愛說話，又聽得見「外面」的「聾子」。而且重要的是，聾人的潛能和才華，完全超過了人們的預期，因此感動了我們，也不斷挑戰著我們。

　　如此，許多年來，我有較多的機會，認識了社會中的少數，也認識了社會所造成的少數困境。漸漸，理所當然地走進特殊藝術（Very Special Arts）的領域，甚至在過去任教的學校也開過幾次這樣的選修課，希望提供學院派出來的藝術工作者，有拋開術語、從零出發，以及回到人本、回到藝術原點的機會；更希望學藝術的孩子不自私，每

一個擁有專業涵養的創作者，都有能力、也願意，協助機會或資源較少的人完成他們的作品。

　　提到盲人的舞台作品，我並無直接的經驗，只是在生活和工作的環境中，總遇到令我心儀也記掛的盲人。最常遇到的是依憑聆聽的專注，和長時間的投入，而能審音背譜的音樂系學生，或自修出道的樂手，觀看他們練習就覺尊敬和感動。常造訪的朋友之中，也有一位奇士，他依憑觸摸的敏銳與身心的悟察，加上多方面的用功，而長期擔任舞團的復健師。還有個獨自把牛津大辭典翻成點字版的英語長才，那只是他唸大四時的傑作，他那半書架的十幾冊成品至今仍是我激勵學生進修英語時的重要故事。還有在耶魯的校車上跟我討論亞洲電影的經濟系講師，他每個禮拜都「看」電影，和他說話，我必須也注意自己要精簡、準確，才配得上他聰明、妥善的語言表達。更記得在啟明學校三年級的教室，聞出站在門外的我身上香水味的孩童，他通報正摸著點字課本講解鄭成功故事的老師：有客人來了。還有在報社辦的盲人文學座談會中，一位優秀的盲人青年領袖憑著他的聽覺記憶，能在大廳的一端老遠叫出多年不見的熟人名字，後來他選上了民意代表，過人的聽覺記性必然是助力之一。另有一對年輕的盲人夫婦，堅持自己帶小孩，在他們的小公寓中，完善地準備、悉心的演練，就是為了嬰兒的舒適與安全，那般的親職光輝，令人讚嘆，過程中他們自己建立的科學性，更令人刮目相看。

　　我認識的盲人，都有靈敏的耳朵，使他們的語言簡潔、條理分明，而且聲調的模仿力強，記性好，更習慣在聲音訊息的前後中建立

思考和辯析的理路，所以他們對事物的本末、順序、因果、邏輯的掌握也強於一般自恃能聽能看的人們。我雖然欽佩他們耳聽八方的能耐，但仍然知道他們與知識瀚海的相隔，有聲書和點字書的不足與不便。我也曾翻譯過一本法國聾童 Braille 的傳記，他就是盲人點字聲符的發明人，他的名字可譯為「布雷爾」或「哈伯樂」；而這本青少年的讀物到底翻成點字書或錄製成有聲書沒有，因為硬軟體不足，我竟然至今也還沒有去網上「檢索」出來。至於超越視障限制的活動，如登山、跑馬拉松、棒球比賽以及舞蹈、演戲等等，又要如何去學習與鍛鍊，每想起來更令人熱血奔騰。

然而近三年來，盲人戲劇的可行性，就在許多有心又出力，並且肯花時間的人出現之後，付諸實現了。光鹽愛盲中心號召盲人和劇場工作者，一起創造了《我駕著翅膀穿透黑夜》。年輕一代的資深編劇楊璧瑩從她屢屢得獎的許多電影、電視的名作編寫中抽身出來，回到舞台，為盲人創作這個劇本。謝念祖是喜劇聖手，他在藝術學院讀書時，就是鐵面笑將，他導的戲也常令人笑翻天。他找我去看整排的時候，我非常感動，蹲在周圍的都是學戲劇的老、小學生，遍及他們前後多屆的學弟妹，都是來幫忙的。地板中心站著的，卻是一個個初來乍練，素樸又熱切的盲演員；在那裡，專業不再是按表行事般的高姿態，反而流露更多的耐心與溫柔，虛心及勇氣。他們的排練和他們的演出一樣令我難忘，但願還可以再為他們大聲喝采，以及輕輕的流淚一次。

而盲人陳國平等自己創辦的「新寶島視障者藝團」，三年之中做

過五次演出，他們的作品《黑夜天使》及《斑衣吹笛人，越夜越美麗》，由原創作者王婉容整理出來，所以上述三個劇本可以成集出版。王婉容是理性與感性兼具的表、導演老師，她常被各種奇特身份的人或團體請去教課，擔任三年多盲人劇團的編導和藝術總監，可能是她遇到最不尋常，也挺不容易的一件工作。

在整理劇本出版的同時，我特別要求他們把這個特殊的演出工作，做一個翔實的紀錄，相信對於未來的參與者，或關心特殊藝術發展和實踐的人都很值得參考。

盲人戲劇的演出不僅是盲演員克服障礙的成果，也是他們對廣大社會敞開心胸，對茫茫人海中的知音伸手。希望人們能感受到他們的生命力，不只是他們的勇氣與才華，還有他們詼諧自嘲、輕柔自訴的無限潛能。

這三個劇本中的盲人世界，可以說又把我對視障的認知往前擴充了好幾倍，而我終於能為他們出這樣一本盲人戲劇的選集，真是沾光。為配合盲人特殊的需要，並且讓盲與不盲都一起分享到這樣的戲劇表現，我們決定錄製CD隨書發行。由於《我駕著翅膀穿透黑夜》有尚稱完整的演出錄影帶，於是挑選幾段最精彩的直接轉成CD。「新寶島」的二齣戲，則是邀請了幾位傑出的青年演員，一起來扮演劇中的盲人角色。和他們一起擠在淡水的錄音間，多奇妙的感覺，大家心中有著明眼人極欲向視障人靠近的一種體會，和一種努力，使我又從轉學到成大中文系任教後的「樂不思蜀」中，重新溫習對作劇場的孩子們的疼愛。

這次錄製CD和購書贈予盲人機構的經費來自沒人聽說過的三犬基金。三犬基金是三個我認識幾十年的少年仔台商所籌組。認識他們的時候,他們還在唸中學,成天玩在一起,爬山、打球。近年來他們雖長住台灣,卻必須常往廣東「住工廠」製鞋。他們生意做得辛苦,但也有盈餘,改善自家和數千員工的生活之外,還有一部分用作支持弱勢團體或是弱勢文化活動的贊助金。我曾兩度中獎,只不過因為我常碰的都是一些不易申請到正式補助的名堂。年近五十的他們長相不變,我眼中仍是那般剃平頭的中學生模樣。他們童子軍般的好心腸也不改,記得大學時他們不止是登山救難隊的,也會去幫剛學登山的小子們背背包,自稱半個布農族。

　　多虧了三犬基金,劇場工作者,和遠流出版公司,大家一起出力,做了這麼一件小事。讓盲人的戲劇有一個正式的紀錄,也讓大家有機會多認識台灣社會中的盲人,他們獨特的、常遇到障礙、充滿挑戰的人生,以及他們發光發熱的舞台。

汪其楣,舞台劇導演、編劇、製作人。台大中文系畢業,美國奧立岡大學戲劇碩士。現任教於成功大學中文系。著有《人間孤兒》、《複製新娘》、《記得香港》、《一年三季》等劇作。

難以淡出的回憶

～記一個盲人劇本的形成

■楊璧瑩

　　《我駕著翅膀穿透黑夜》演出至今三年了，這期間，我們在殯儀館送走了嘉堂、在教堂參加了玉鳳再婚的婚禮、也在麥當勞慶祝圓珍考上師院，三年當中，有悲有喜。有時候，跟人談起我曾做過一齣由盲人演出的舞台劇，我總會很驕傲的說那些孩子（演員）很棒，事實上，這十五個演員，年紀比我大者有之，比我小者也不過小個七、八歲，但不知為什麼，我總是很自然的稱他們為孩子，可能在那段排練過程，一再的挖掘他們的故事後，清楚他們是怎麼走出來的，也因為清楚，所以談起他們，總是憐惜。

　　可能是常年拍攝紀錄片的經驗，我深知劇本再怎麼寫，也寫不過真實、殘酷的人生。是以，答應編寫劇本的當時，我即決定劇本內容由演員本身的故事予以剪裁，而故事的挖掘也從甄試演員那一刻展開。從甄試會場的自我介紹，到排練教室以表演的方式道出自己的零零總總，這過程大概有兩個月，我一次次的出作業，藉由題目引導演員回憶發生過的事情及感受。在題目的設計上，我大致繞著眼睛看不見這個主題，首先，請演員講他（她）變盲的原因，這一講，就有很多故事出來了，尤其對幾位天生失明的演員；例如佩妮，因為早產，

護士沒把保溫箱的溫度調好，導致她還沒張開眼睛就變盲人；長清也是從小失明，連自己長什麼樣子都不知道；其他演員也紛紛說出在成長過程中，因為遺傳基因或發燒或種種難以想像的意外導致失明。至今，我筆記本裡還記有一段惠珠講的話，她說：「人生是一個劇本嗎？不知是誰給我寫了這個……這麼不好的劇本……。」惠珠是十五位演員中較不喜歡講自己的一個，一誠也是，雖然在排練舞台劇前，我已擔任他的報讀義工半年多，但我一直不了解他，在排練過程中，他也總是很聰明的閃躲過悲傷的記憶，沒參加過劇場的他甚至很有技巧地以搞笑的方式，表演一次次生命過程中哀傷的片段，直到多年後的今天，我仍不解為何他能這麼堅強及樂觀!?

　　參加演出的演員，大體上都很願意說自己的故事，只是，在跌跌撞撞的生命過程中，他們已不自覺的學會了選擇性記憶，將一些不堪、哀傷的經驗藏在心靈的某個角落，很安全的藏匿著，外人是很難探其究竟的，不過我想，這也是他們能夠快快活活的存在這個社會的原因。

　　為了更深刻、更有動作性的說出發生在他們身上的事，我設計了「觸覺」、「火車」、「美好的事」、「夢想或願望」、「就醫經驗」、「按摩經驗」等題目，引導他們追述生命中的某些片段；在每一次排練結束前，我會先出一個題目，讓他們回家整理及練習，下次排練時候，再一個個站到前面演給大家看。

　　猶記得當時，說到「看」這個字都會過度自覺地擔慮是不是說錯話，但後來發現，是我想太多了，這些演員連「瞎子」、「看你不順

眼」這樣的玩笑都在講，講「看見」又何妨！

　　在「觸覺」這個題目裡，我要演員回憶失明過程中，某一次跟物體或觸覺有關的經驗，結果，很讓我意外地，向來愛搞笑的一誠說了這番話：「不知各位有無這個經驗，看到自己慢慢的消失，以前，我在床頭床尾各掛了一面鏡子，我喜歡起床後看到自己容光煥發的樣子，這樣一整天，我都會過的很愉快，看不見後，我的床前仍掛著鏡子，但看不清楚了，幾次用手去摸，想把鏡中的自己摸清楚，但是沒有用……。」一誠的這段敘述，讓我確信劇本的第一段「秘密花園」可以如何進行。而設計「火車」這個題目，原本想藉由肢體上的表現，演出盲人搭車時遇到的困難或從小離家的經驗，但十五個演員談過一巡後，我發現能用的不多，倒是嘉堂談及在火車站遇到的一個好人，後來，我將嘉堂的這段境遇寫成「不急先生」一段，再加上其他演員搭公車時的不好經驗，架構出「其實我看得見」這個章節，道出世間冷暖。另外，「假如世界上的人都看不見」這個片段的發想，其實來自導演念祖。有一天，和念祖、平之、小摩聊天時，念祖說出這個構想，當時，大家都覺得這 idea 很棒，但不知道怎麼玩，後來，我加入手機和衛星導航的概念，完成的劇本差強人意、但是有些好笑，我自己比較滿意的倒是這段落前的「夢境」。在一次排演課談到「夢想」的時候，長清講到他小時候的願望：「希望當一名俠客，幫助受害的人，但想到眼睛根本看不見，不可能去當警察，只能當夢偶爾想一想。」寫劇本的時候，我看到筆記本裡的這一段，突然想到，應該讓長清在舞台上過過俠客的癮，就這樣寫出夢境一段戲，由三個盲人

飾演神槍手，在舞台上過過癮。

整齣戲裡面最讓我想哭的是「身份證」，是由演員的「就醫經驗」延伸而來。在演員談及害怕自己變瞎，一次次忙亂又無措的就醫過程中，有讓人聞之心酸者、也有荒謬到讓你哭笑不得者，更有讓你為人情的冷漠義憤填膺者，我擇取幾位演員的經驗編出「身份證」和「秘密花園」兩場戲。其中，玉鳳談到她帶兒子就醫的那一段，讓很多觀眾當場掉淚。事實上，在排演過程中，玉鳳自己也幾乎排一次哭一次，原本擔心她的哀傷情緒，會隨著一次次的排練過程稀釋淡化，沒想到演出當天，她的情緒還是一樣的濃烈；我想，那段和兒子險些天人兩隔的經驗，對她或任何媽媽來講，都是一輩子無法淡忘的。

《我駕著翅膀穿透黑夜》整齣戲有七個章節，除了「午夜夢譚」外，都是取自演員的人生經驗編寫而成。寫劇本時，「午夜夢譚」這一段的靈感來自盲人多半有聽廣播的經驗，很多盲友也都會到光鹽借金庸的小說錄音帶回家聽；我想，若有兩個很八卦的DJ在舞台上引言、穿插賣藥，再加上演員演出的古裝爆笑劇，這整齣戲就不只是一路悲傷到底；再者，讓觀眾笑一笑外，如果還能證明這些盲演員會演戲，甚至演得不下於明眼人，那將是很有建設性的事。「午夜夢譚」就這樣誕生了。演出前幾天，平之和小摩對劇本做了些微的更動，讓演員更誇張、也更強化喜劇效果，果然，演員自己在台上演的很過癮，觀眾也笑的很開心。

戲演完了，許多的人生經驗卻正要開始。方才寫稿寫到玉鳳那一段，居然很神奇的接到玉鳳的來電，「緣份」這個字說起來很俗，但

也很妙。十多年前唸藝術學院時，看過汪其楣老師做的聾劇團，畢業四年後，我拍了一支跟聾人有關的報導片，受訪者中的陳濂橋，就是汪老師戲中的男主角。許多許多年後，再見汪老師，就是在光鹽的排練場，導演念祖請她來看排演，當時，整個戲還排得哩哩落落，汪老師很有耐心的拿著筆記本一樣樣說出演員可以再進步的地方，汪老師那次的指導和鼓勵對這群孩子起了很大的鼓舞作用。十五個演員中，只有三、四個看過舞台劇，但汪老師就是有那樣的神力讓這些演員信服，其實就我個人的心得，盲人的觀察力往往比明眼人還敏銳；是以我想，雖然汪老師和他們初次見面，但她的熱情和寄予的期待，這些看不見的演員是很清楚察覺的。謝謝汪老師對這群盲朋友的熱情持續到今天，並將這劇本整理出版，希望藉由這本書讓更多朋友對盲人世界有進一步的了解，更希望社會大眾在和盲人接觸時，更能以慈悲心對待他們。

哇，導盲演

■謝念祖

　　開始學戲劇以來我接觸到的幾乎都是喜劇，就算不是喜劇，到了我的手中也會變成為喜劇。當時受邀參加這個盲人演出的製作，我的第一個疑問也是難道他們要我來導成一齣喜劇嗎？從來沒有接觸過盲演員，實在是很難想像會發生什麼事情，因為覺得難以想像，所以就接下了導演的工作。

　　璧瑩、正杰、平之和我這群所謂的編導首先做了些規劃，希望幫這一群沒有經驗，而且視力有障礙的朋友們先上一些基礎的表演課程，也許有助於排演的順利進行。第一天上課，讓我覺得我好像到了另一個世界，使我知道我們無法按照想當然耳的慣例行事了。比方說，有人會問：「請問一下，我的鞋子是什麼顏色的？」「老師請問你剛剛上課的時候說要想像自己是一顆種子，然後慢慢發芽、開花、結果，可是我從來就沒有見過種子還有花，我實在不知道要怎麼想像。」帶肢體活動時更慘，當老師說：「各位演員請把你們的手舉起來，像是這樣！」演員：「老師我們……」老師：「對不起！我的意思是請把你們的手平舉與肩同高，向兩側打開，手心朝下……。」接著老師想了三十秒之後說：「現在我會過來一個一個調整你們的動作。」於是一個簡單的動作必須花很多時間來完成。當時的我急得

滿身大汗，心中的恐懼更大，天啊，我竟敢來做導演，看他們上這種課還笑得那麼開心，我卻一點也笑不出來。起初的幾個禮拜，我們絞盡腦汁，也學習調適，雖然不知道我們的方法有沒有用，也曾擔心盲人演戲這件事是不是真的做不到？不過幾個月後，他們的毅力，他們的真性情，和他們本身的故事改變了我，我也開始摸索到如何與盲演員共同工作了。

劇中的素材都是由演員切身的經驗出發，最常談到的還是他們失明的經驗，在每一次的談論過程中，我驚訝的發現從他們身上看見對於生命的努力與奮鬥，一些不了解他們的人所說出傷害他們的話，哪怕是一句話或是一個氣聲，就要讓他們調適好幾天，而人們一點點小小的幫助，就能使他們快樂好幾週。與他們工作之後，我會覺得自己是一個沒有權利灰心沮喪的人，因為他們要花上好大的力氣與勇氣才能在這個社會生活下去，我的遭遇比起他們實在是好上幾千倍。我越來越喜歡他們，不單單是因為他們會以專業的技術幫我抓龍，而是看見了他們心中可愛樣貌，而戲的樣子也在一次又一次的排練過程中逐漸成形，結果當然還是喜劇，只不過這一次當然有一點不同。

雖然準備了半年之久，到了演出大家都非常的緊張，我也緊張，技術人員更緊張，因為實在不知道演出時會出什麼狀況，萬一戲中斷了該怎麼辦，有一千萬個可能會發生的情況在我們的腦中翻滾，但是戲就按照預想一個段落、一個段落的順利進行。當戲結束時，滿場觀眾掌聲如雷，每一個人都興奮得不得了，謝完幕後，大家就跑到台下去找親朋好友，興高采烈的討論著剛剛的演出，剛剛誰出了錯誰幫忙

解決，誰來不及換衣服好險誰幫了忙，而我則在一旁又想哭、又想笑，並且感謝上帝讓我們順利演完了！

離這齣戲的首演已經過了三年了，許多的感受卻都還是非常的清楚，在整理劇本的過程中，排練時的情景好像電影一樣，一個畫面一個畫面的呈現出來。在藝術的創作過程中，我不斷的在尋找生命的力量與價值，而在劇場裡演出的很多故事，不論是真是假，都抱著這樣的信念在追尋，結果，在這一齣戲的創作過程中，我很意外的觸摸到了，從這些演員身上我看到了生命的力量與生命的價值，我更懂得珍惜，也更懂得去關心真正值得付出的事情。

如果有人問我到目前為止，我所做過最好看的戲是哪一齣戲，我一定會毫不猶豫的說：「就是那齣戲，那年冬天，和光鹽愛盲中心的視障演員一起做的，《我駕著翅膀穿透黑夜》！」

謝念祖，國立藝術學院戲劇系畢業，國立台北藝術大學劇研所碩士。為「黑門山上的劇團」團長，導演作品有《誰》、《醫院風雲之我的右腿》、《求婚進行曲》等二十餘部。

一路牽手走來

——與新寶島視障者藝團共創盲人戲劇的旅程

■ 王婉容

　　感謝其楣耐心的敦促鞭策，讓我能靜下心來，仔細整理這兩個為盲人朋友編劇演出的劇本，再度重溫一九九八年和二○○○年的這兩個冬天，和他們密切地聚集在一起說故事、唱歌、談心、排練、工作的過程，回味著他們每一個人的音聲形貌，我的心中充滿了溫暖和力量。

　　一九九八年十一月的那一個晚上，素昧平生的陳國平打電話給我，謙虛而誠懇地要我指導盲人朋友演戲，我感動於國平的專注和虔誠，就義無反顧地投入「新寶島視障者藝團」的工作，也因著這樣的機緣，我得以認識這一群豁達、可愛、熱忱又窩心的盲朋友。

　　快五十歲仍英俊瀟灑的懋漳，憑著一雙靈巧的手和一顆上進的心，一直在從事工廠各類零件組裝的工作，還在夜市兼差幫人算命，更拉得一手浪漫的手風琴，令人陶醉，他可愛的明眼太太仙女，始終耐心地接送他上下班，陪他一起排戲，也兼作我們演出時的臨時演員、道具手和跑腿，他們是團裡最讓人羨慕的一對神仙眷屬。懋漳的弟弟懋瑩，全盲之前是送貨司機兼細工，有著一副天生動人的好聲音，和能駕馭聽眾情緒的演說才華，加上他與生俱來樂觀開朗、豐沛澎湃的熱情，光聽他說話就能教人著迷。曾經從事廣播工作，現在也

是一家生意興隆的按摩院老闆的一誠，年紀輕輕就才華洋溢，能歌善舞，又有一副迷人的嗓音，可愛的酒窩，時髦的打扮，一流的聰明和演技，一直都是「新寶島」的當家小生。

　　兒女成群已經退休的美蓮，身體柔軟，姿態優雅，是多年瑜珈的修為使然，她幽默樂天，和愛耍寶說笑的個性，總逗得大家再大的煩惱都能付之一笑。四十出頭溫柔嫻雅的家庭主婦玉美，和她樸實害羞、還在念國中的大兒子，總是帶著微笑來排戲，耐心專注地一遍遍演練著台詞的情緒。擔任專業調音師，彈得一手好鋼琴，美麗沉靜的倪妮，她的琴音好像是喃喃對你訴說的情話，餘音繞樑，不絕於耳。從事按摩工作正是花樣年華的秀英，打招呼時，總是像個孩子般天真地咧嘴對你開心地微笑。擔任自由樂手，活躍遊走於各表演場的珠英，總是會積極地告訴我，她近來又有哪些新的演出機會，可以讓她的樂技更上層樓。新加入藝團，甫從公職退休，四十八歲才弱視的令功，有著宏亮雄渾的嗓音，率直而敏感的心靈，能靈活變換聲音和動作，總是能令我讚賞佩服地扮演出舞台上各種不同的角色。而剛進藝團，有些內向害羞如山間百合的利利，因著劇團的排練，認識了懋瑩，兩人譜出了愛的戀曲，她封閉的心也漸漸地敢打開來擁抱世界。

　　總是受到我責難敦促的團長國平，今年三十四歲，原本是不務正業的漂泊浪子，因為一次酒醉後的車禍，失去寶貴的視力，才正視到自己人生的荒廢，轉而追求盲人演劇這個心中的理想，他的毅力與堅持，一直推動著「新寶島」持續往前發展的腳步……他們每一個人踏實而堅韌的生命力，平凡又動人的生命故事，敞開而易感的心靈和個

性，帶給我許多的啟示和激盪。我們也因著在一起作戲、演戲的共同參與，從陌生到熟識，從熟識到彼此掛念和關心，到現在，我都還會收到他們合錄的感性錄音帶、寄來的有關盲人的書、接到他們問候的電話，我對他們也深深地道謝：國平、懋漳、仙女、懋瑩……所有的演員和他們的親人，讓我有這個機緣可以真正地深入盲人的心靈，瞭解盲人特殊的生命經驗，盲人感受生活和世界與明眼人的不同，同時也因為碰觸到他們的脆弱和堅強，打開了我本身對生命的另一個視野。

　　而今何其有幸，可以將盲人的經驗轉化成劇本出版，展現在更多人的眼前，讓大家都能經由閱讀及有聲書直接地感受到盲人的生活面貌和視力上的艱難挑戰，更瞭解盲人的內心，並因此得以知曉由於明眼人對盲人的欠缺了解，對盲人產生誤解、偏見、歧視、傷害甚至剝削。希望藉由這次的劇本出版，可以多少匡正明眼人對待盲人的態度，同時從盲人的生命故事裡，獲得不同的領悟和啟發，我的內心流動著急欲分享的溫暖和力量，源源不絕。

　　由於我以前總是和明眼人一起排戲、演戲，在指導這群程度不同的視力挑戰者時，也有著與指導明眼人不同的艱難和挑戰。首先，在溝通上，和視障者交流，無法憑藉我所大量依賴的視覺，只能仰仗語言和其他的感官（如觸覺）來表達。所以溝通的語言既要精準扼要，又要聲情豐富。而到排演場中和他們打招呼，我總趨身向前先握住他們的手，拍拍他們的肩膀一一問候。一個人特殊的聲音質地、雙手的

觸感，是視力挑戰者辨識不同朋友的方法，如同我們記憶朋友的面容長相和表情手勢一樣。記得每次和他們排完戲回家，總是累得講不出話，就因為幾個小時下來，所有的感覺和想法全是用語言繪聲繪影說出來的。

在劇本的編寫上，也不能以慣用的書寫形式來記錄和流通，而是要變換各種不同表情的聲音，錄製成劇本錄音帶，方便視力挑戰者背誦揣摩，如果是要和他們共同創作劇本，也要請他們先繳交自己的故事錄音帶，再一一轉謄成書寫文字，重新編輯和修改，最後再錄成一份完整的劇本錄音帶，發送給大家。

為了要瞭解每個人的聲音、個性和情感特質，這份繁瑣耗時的工作，我總是堅持自己親自聆聽謄寫，也總能得到聽故事那份最原始的感動，之後再親自著手修改，務期保留原創者的生命質感和語氣情調，寫劇本的那段時間，我常常就是抱著一堆錄音帶，轉來轉去地前行、倒帶，耐著性子從他們的聲音中反覆推敲，方能定稿。

在表演上，視力挑戰者的聲音表達總是勝過姿態和動作的表達。先天失明者，從來不曾看過一般人彼此交談時的身體動作，或是後天漸漸失明，逐步遠離了明眼世界的肢體表達和交流記憶。失明較晚的還能憑記憶用肢體傳達自己，和他人或觀眾用動作溝通。失明較早的則因記憶久遠，平常也習慣於用語言溝通，對身體的溝通模式陌生而反應遲緩，不太會以肢體表達感受，動作的想像力也較薄弱。指導他們演戲，就一定要常常為他們設計動作，拉著他們的手，調整他們的姿態、手勢、腳步，一步一步地練習，一遍一遍地解釋每個動作的動

機，示範動作的樣貌，再不斷地反覆修正。許多習以為常的手勢，如：哭勢時遮臉、生氣時握拳等等，盲人演員可能根本沒看過，只能抓起他的手，握住他的拳，讓他親身體驗一次，才可能將這個新的身體語言符號，輸入他的記憶中，再經過反覆的練習，才能去除新學動作裡的生硬和不自然。

在指導他們的舞台動作時，必須瞭解他們的個別差異，因材施教，還要秉持恆長的耐心，才能讓他們活用熟練精準的身體語言，和觀眾溝通。一誠失明較晚，身體表達經過訓練後，更加靈活了，在舞台的定點上，可以飛、跳、爬、倒，絲毫不顯得害怕、僵硬，就像他扮演的杜鵑鳥一樣活潑。

在聲音表達上，他們普遍都因為生活上的需要和熟練，都能使用精簡扼要的語言與人溝通，視障越久的，語言技巧和聆聽理解力常常也越優秀。但每個人的語言表達仍因教育背景和生活環境、生命經驗而有所差異，也必須根據每個人的不同程度，予以調整。在整體上加強他們聲音的戲劇性、悅耳性（抑揚頓挫、高低起伏）和自然性（去除太過演講宣告式的做作）。在個體上則加強他們聲音中的情感表達，使他們最常賴以溝通的語言，能化為真誠動人的聲音樂章，傳達他們心中細膩豐富的感受。

排戲時，我會請他們先自然地演練台詞，經過仔細的傾聽，再在他們表達較不清楚或不夠精采的地方，一遍遍示範，待他們了解後，請他們反覆練習，再加上修改潤色的意見，直到台詞化為自己真誠而自然的言語為止。懋漳和懋瑩兩兄弟的聲音表情原本就很豐富，經過

訓練，他們的台詞説得更能發自肺腑、百聽不膩，真的可以把話説得像音樂一樣好聽，他們是我心目中的靈魂歌手。

在舞台的走位安排上，視力挑戰者的走位因為視障的程度不同，需要有不同的設計。還可以看得到模糊光影的，可以擔任距離較遠、範圍較大的走位，也可以引導全盲者上下場移動的方向；完全看不見的，就設計在定點方向、高低不同的動作變化。為了要讓盲朋友在舞台上能確定四周的邊界，舞台的中線和前後區，後台工作人員要先用童軍繩，在舞台前緣、舞台長邊和寬邊的中線點，拉上突出地面的線條，這樣不僅能保障盲朋友們的安全，使他們不致於跌落舞台下，也讓他們能依著腳下的記號，建立對舞台空間的想像，確立行進的方向，和必須停止的定點位置。

每到一個演出的場地，裝台完成後，盲演員總要花許多時間熟悉舞台，準確計算走位的步伐數目，記憶出場、下場及面相的方向，演練走到不同定點或同伴身邊的準確性，從頻頻小心翼翼地攙扶他們上舞台練習，到自由練習中轉錯方向，和同伴相撞或擦肩而過的實驗期，到最後在舞台上健步如飛、穿梭自若，都需要指導者鍥而不捨地提醒、耐心的陪伴和放心的信任，信任他能將舞台銘記在心，放手讓他們在舞台上走出自己的路。我常叮嚀他們在演出中，一定要相互扶持，在舞台上走位時，若是還沒走到對方身邊，或是走過了頭，同伴都可以伸出援手，自然地將來者拉回正確的走位。在演出時，切莫心慌意亂，就能在寧靜中發揮盲人在生活中培養出來的聽覺和空間的敏感度，從容地完成舞台上的各項任務和反應。每次演出後，都有觀

眾誇讚盲演員的動作流暢自然，幾乎不敢相信盲人也能這樣走路、演戲，其實都是幕後苦練累積的成果。

從一九九八到二〇〇〇年的三年內，我應邀擔任「新寶島」的藝術總監，我們的戲劇公演共有五次，其中有兩次由我編劇，也就是這次出版的兩個戲，其中一齣也是我導演的。第一齣戲和團員懇切商討後，我建議演出一個和盲人自身經驗相關的戲，才能建立「新寶島」的獨特性和達成分享盲人特殊經驗的目的，團員都深表贊同，決定以失明前後的掙扎和接受歷程為主線，以既抒情又敘事的獨白和扮演，發展成《黑夜天使》這個戲。

每位團員輪番上陣，演出自己失明過程的親身經驗，其他演員則負責串演每個故事中的其他配角，每位朋友都呈現出那段生命中最黑暗苦澀的時期，那些椎心的難忘往事，是如何走過的心情和感受。在萬華區民眾活動中心首演時，讓觀眾深受感動，體會到盲人生命中的敏銳感受和堅韌力量，欣賞他們內蘊深藏的表演才藝，都表示希望再看到「新寶島」的演出。初次出擊，盲朋友的表演技巧容或粗疏，但能量充沛，赤誠動人，而且個個真是全力以赴。

首次合作其實是臨危受命，沒有客套寒暄的時間，我對他們的要求也分外嚴格，牽著他們的手，精確要求他們清晰的動作手勢；不厭其煩地示範和提醒，琢磨他們說故事的聲音表情，還要常常大吼，請他們在給排演筆記時不要議論紛紛，每天都搞得聲嘶力竭，還好是他們一直進步的演技和全力投入的精神，支持我繼續向前。這次演出，

不僅獲得了觀眾的肯定和支持，也凝聚了「新寶島」內部的情感、向心力，培養出了團員對彼此的信任，更踏出了以戲劇形式分享盲人經驗的第一步。

第二次的演出是一九九九年四月三日，在台北市議會地下室表演廳演出的《教堂也瘋狂》，是由團長陳國平擔任編劇。國平向來喜歡寫作，這個戲就是他有感於社會上有許多不肖的宗教團體，假行善之名，行斂財之實的詐欺行為，是一齣企圖諷刺偽善和貪婪人性的爆笑喜鬧劇，故事發生在一座教堂裡，牧師、和尚、乩童、槍擊要犯紛紛上場，呈現出一片「要錢不要命、要錢不要臉」的滑稽浮世繪，最後，耶穌基督還附身在乩童身上顯靈，通知了警察來緝捕槍擊要犯，並對所有人揭示了「人在做，天在看」的警告，在嬉笑怒罵中有嚴肅的社會關懷和批判，只是礙於編劇經驗不足，台詞、情境和角色塑造上都稍嫌單調刻板了些。

然而，這齣戲的表演特色，是視障者要扮演明眼人的角色，不再是演自己的親身說法，是嶄新的演技挑戰，而在排演過程中，盲朋友們努力了解明眼人的動作、表情和手勢，並加以模仿再現，都是了解明眼世界的途徑，增進了盲明之間的溝通，間接增長了盲朋友在日常生活中的溝通能力。我特別找了兩個國立藝術學院戲劇系三年級，優秀耐勞的導演課學生：蕭楨潔、李奇勳來擔任導演，他們任勞任怨的專業精神，贏得團員由衷的感謝和讚許，楨潔的動作訓練和奇勳的姿態、走位設計，都能清楚地呈現《教堂也瘋狂》的特殊喜感，盲朋友扮演各類明眼的社會人士，也都維妙維肖，各種滑稽姿態的表演，更

是令人捧腹，再次贏得觀眾真誠的掌聲。

　　一九九九年的十二月五日，第三次演出《請聽我說》堂堂推出，我特別邀請了主修編劇的俞宗儀來為「新寶島」編寫新劇，由於這次演出地點是大橋國小大禮堂，觀眾也多為學校師生和家長，戲碼的內容較適合處理青少年教育、學生生活和親子關係的問題，宗儀編出了在三個不同家庭背景中成長的青少年，由於父母從事職業和管教方式的不同，造成三個孩子上行下效的不同行為結果，是一個提醒家長和師生重視親子關係，做孩子的好榜樣的溫馨小品戲劇。「新寶島」持續琢磨扮演「明眼人」的演技，以及扮演社會上各種不同階層人物的靈活度，甚至因為演員不足，嘗試一人飾演多角的變換彈性，過足了戲癮。這次我還請了戲劇研究所表演組的李義修，和大學部主修表演的溫苡均一起來擔任導演，義修的嚴格，苡均的溫柔，交互搭配出這個戲細膩而寫實的表演，團員們在表演上又有了新的成長。

　　第四次演出的《彩券人人愛vs廿一世紀新教堂也瘋狂》，是「新寶島」慶祝西元二〇〇〇年的盛大聯演，地點在中國國民黨中央黨部的中正廳，時間是七月二十九日，這次我仍邀請了上次擔任過導演，我的主修學生溫苡均來為「新寶島」導戲，再加上苡均的同學，主修導演的趙家億，主修編劇的學弟郭議鴻來編寫一個新戲《彩券人人愛》。描述兩位曾是患難生死之交的老友，因為中了彩券，為了爭奪彩券所有權而爭得面紅耳赤，幸好，兩家兒女，兩小無猜，情投意合，擔心雙方父母失和，找來兩人父親當年從軍部隊裡的老長官，調停戰火，老長官提醒兩人當年袍澤情深的往事，兩人皆羞愧自慚，決

定將彩券所得作為將來兩家兒女的結婚預備金。全劇溫馨逗趣，情節緊湊，家億、苡均導來很是親切動人，很能傳達出人情醇厚勝過金錢誘惑的主題，也贏得觀眾由衷的笑聲和鼓舞。《教堂也瘋狂》舊戲重演，依舊逗人開心，兩戲聯演下來，觀眾掌聲不斷，盲朋友們也更熱力十足地釋放熱情，謝幕的掌聲持久而紮實，戲後有很多觀眾都嘖嘖稱讚，真不敢相信演員是全盲或重度視障的朋友們，「新寶島」經過五次公開演出，及許多穿插其間的小型表演磨練，逐漸茁壯，可以面對更大的挑戰，作更多的突破，而盲人演劇也開始受到媒體和大眾的關注，引發深入的報導和廣泛的支持，大大拓展了盲明溝通的空間和視野，然而，我卻仍覺得路好像才開始。

在二〇〇〇年的十月，我再度召集團員，商討第五次演出的內容。我深覺盲人能排除障礙、克服挑戰，成功地扮演明眼人的角色，熟練而精采地演出社會上各個階層人物的生活和樣貌，使盲人能更瞭解明眼世界的溝通方式，幫助他們和明眼世界的交流暢通，固然重要；但是，表達、陳述、分享盲人和弱視者與眾不同的生命故事和經驗，做雙向而主動的溝通，更不可間斷。團員們深感共鳴，於是，我們集思廣益，訂下了幾個說故事的方向：盲人生活上食衣住行所遭遇的困難、工作上所面臨的挫折和挑戰，對未來的夢想和憂慮，請團員們回家思考整理後，再錄成錄音帶，交給我來統籌組合。

經過了一個月的轉謄、重組、修刪、添加，我完成了《斑衣吹笛人，越夜越美麗》的劇本，在聽他們錄音帶時，我常因他們真實的故事及所受的磨難而落淚，但在落筆成文時，我提醒自己保持冷靜和客

觀，呈現他們真實的樣貌和感受，傳達他們每一個人獨特的語氣和性情，明眼人對視力挑戰者的生活、世界和心靈所知太少太淺，「吹笛人」的故事也只讓我們看到冰山的一角。在這個社會中，替盲人發聲造形的劇本、演出和研究、訓練，是如此迫切地必須持續進行。

《斑衣吹笛人，越夜越美麗》這齣戲，我邀請了我主修表演的畢業學生鄒弘琳來擔任導演，也是剛畢業的優秀學生吳季娟擔任舞監和行政工作，他們細膩嚴格地指導演員、處理行政，全心地付出和投入，雖曾引發了些誤會和爭端，但演出卻是出奇地成功，危機總是轉機，在爭執中，更能看到盲人世界和明眼世界溝通的問題所在，讓彼此更看清自己，明眼人需要耐心再三地說明提醒，避免想當然耳的自以為是，視障者需要排除心中過多的猜忌、疑慮和莫須有的自卑，雙方站在對方立場上坦率溝通，虛心求進。

這齣戲的表演特色，以盲人現身說法，扮演或訴說自己的生命經驗為主體，一方面可以發揮盲朋友擅長運用動人的聲音，傾訴內心感受的表演特質，另一方面，也大量運用身體動作和走位安排，呈現盲人和弱視者行走、動作、手勢的真實形式與樣貌。另外，也首度邀請明眼人共襄盛舉，與盲朋友同台演出，呈現生活中明盲交錯並置的真實情境和故事。熱心的明眼朋友承川、黃日泰大哥一個人都分別飾演四、五個角色，一會兒演公車司機、一會兒又演老闆；一會兒演老師、一會兒又演搶匪，扮演盲朋友生活中遇到形形色色的眼明人們；兩位還在唸國中，聰明活潑的小妹妹：柏璇和逸真，利用課餘時間，也演活了路人、同事和朋友等各種角色，還充當上下道具的舞台手，

她們身手敏捷，步履輕盈，敬業樂群，為排練場增添了許多青春活力。

十二月二日在市政府二樓大禮堂的演出，感動了所有在場的觀眾，團員和老朋友咸認為這是「新寶島」最精緻感人的演出，許多新朋友則因著這齣戲，加入關心、了解、幫助視力挑戰者的行列，誠如我一向的信念，惟有透過了解和真誠的分享，才能對弱勢團體產生真正的尊重和適當的幫助。我們關心弱勢者，不是因為要揮灑廉價的愛心和同情心（那樣的心態對他們是一種侮辱和再度傷害），而是出於內心的一種求知、了解的慾望，了解他們與我們的不同處和相同處，在人性上拓寬我們的視景，在心靈上開發罕至的疆域，如此盲明的世界才能站在不同卻平等的立足點上，深度交流，彼此融合，擴充彼此的生命向度，豐富彼此的心靈。和盲朋友們合作了五齣戲，我才慢慢領悟到和他們的相處之道，和這段因緣的深刻內涵，我也才會覺得路才開始，未來的路既長且遠，有許多心靈寶藏和人類潛能的奧秘亟待挖掘，而來自大眾的共識與支持，才會讓路一直走下去。

雖然我由於教職的異動，分身乏術，辭去了「新寶島」藝術總監的職務，由小劇場老將王墨林接任，我對「新寶島」的付出並不會停止，導戲、上課，對盲人表演方式的探索開發也不會中止，而「新寶島」團員進步的腳步，也未嘗稍歇。今年的表演課程訓練包含了相聲、肢體開發、樂器演奏，表演的類型也延伸到大量運用身體、聲音的前衛實驗劇，表演行程更擴展到了日本和香港，希望盲人演戲將逐漸成為一種常態，當大家關心的不再只是盲人能演戲這種標新立異的

「新聞性」，而是演出的「共鳴性」、「原創性」、「藝術性」和「精采度」時，盲人演劇才能穩定而永續地經營發展下去。

在和盲朋友共事，修戲排戲的這段歲月裡，我永遠記得我們彼此之間的好感情，每個人的認真付出，賣力表演，還有他們總把人逗樂的幽默笑話和彼此間肆無忌憚的挖苦、鬥嘴，我常暗暗讚嘆他們歷經生命考驗，仍保有這份特有的開朗和豁達，內心羨慕不已，也偷偷學習，並受到感染。

這次藉著出版《黑夜天使》和《斑衣吹笛人，越夜越美麗》這兩個劇本的機會，將我和「新寶島」全體團員，以盲人和弱視者的切身經驗和生活為主題所共同創作的戲劇文本，整理成為演出本，不僅為演出留下珍貴的紀錄，也希望能提供更多啓明學校學生及視障團體，可資演練的劇本，拋磚引玉地激勵大家，耕耘盲劇創作的園地；刺激更多人投入開發特殊藝術的領域，拓展人類整體潛能開發的新境。

末了，我要說的是，從兩個劇本中許多自剖心境的獨白結語，我看到一個積極光明的慣性模式：盲朋友們總是希望呈現自己樂觀光明的一面，而不願呈現較黑暗悲觀的另一面。做完了《斑衣吹笛人》，我察覺到他們這種「積極光明症候群」的傾向，並和他們分享，他們都不禁莞爾失笑，有人說是好強，不願讓人看輕；有人說要建立盲人的健康明朗新形象，也有人坦言厭煩了這種說故事的方式。我想在平凡人世中的我們，不論盲明，都不須對現實生活，或對彼此，懷抱著過多的期待和不實的幻想，如此才能較有機會，看清現實的複雜和真

相，呈現真實人生的豐富性和多樣性；從彼此的不同中，分享到共通的人性，學習到不同的感受和知識，也學習到對彼此的尊重和疼惜。期許未來能有更多的人和盲朋友們牽手走遠路，而且越走越開闊。

我駕著翅膀穿透黑夜

首演資料

光鹽愛盲服務中心策畫、製作
1998年12月2日首演於國軍文藝活動中心

編劇：楊璧瑩及全體演員
導演：謝念祖
戲劇指導：周平之
舞台指導：賴正杰
舞台製作：賴宗純、陳威予、鄧宣志
舞台監督：陳祥純
燈光設計：黃祖延
音效設計：林希哲
服裝設計：田玫琪
化妝造型：黃瓊儀
排演助理：潘亦如
劇照：郭定原
錄影導播：羅一鳴
舞台執行：小敏、瑤瑤、欣穎、信儒、阿福、佳欣、俊義、櫻茹、安君、貞資

感謝　文建會‧內政部社會司‧天主教台灣明愛會

演出人員及角色

邱杏玲 —— 飾演杏玲、絕情谷谷主

涂惠珠 —— 飾演惠珠、絕情谷大老婆

唐梅娟 —— 飾演梅娟、唐小姐、絕情谷二老婆

黃圓珍 —— 飾演圓珍、計程車司機、歐巴桑

陳珏娟 —— 飾演珏娟、絕情谷的獨眼流浪客

陳佩妮 —— 飾演佩妮、香香公主

張珮芸 —— 飾演珮芸、絕情谷三老婆

張嘉慧 —— 飾演嘉慧、電話總機、絕情谷師爺

賴美綾 —— 飾演美綾、香香公主之丫環

薛玉鳳 —— 飾演玉鳳、廣播主持人

尤大嫂 —— 飾演尤大嫂

尤天福 —— 飾演天福、按摩院老闆

孫長清 —— 飾演長清、黑社會老大的嘍囉

黃嘉堂 —— 飾演嘉堂、黑社會老大、按摩院客人

陳一誠 —— 飾演一誠、按摩師、廣播主持人

劉懋漳 —— 飾演懋漳、黑社會老大的嘍囉、按摩師

第一場：祕密花園

　　每一個人的心中都有一個花園，在花園各式的花朵中，隱藏著自己的故事。在這一群盲友的花園中，有些花朵與常人無異，在人的七情六慾上打轉。但是有一些花朵卻是正常人無法想像，充滿了神祕而令人動容。

（戲一開始時，場上是一片黑暗，全體演員用手搭著彼此的肩膀聚集舞台後側，黑暗的舞台上忽然有一束光圈出現，所有演員做出飛翔的姿態齊飛向光圈處，跑至定點後往光亮處張望，光圈消失後又出現在另外一處，演員再飛往光圈處，移動的過程中或有些跌撞，但是他們彼此扶持。如此移動三處之後，最後的光圈逐漸消失不再亮起，整個舞台是整片漆黑，殘留給觀眾的影像是盲演員們舉頭向上的姿態。黑暗中歌聲響起，音樂選自盲演員年少時熟悉的歌曲，隨著歌聲整個舞台漸漸的亮了起來，每位盲演員在志工的協助下分散排列在舞台上。）

全體演員　　　　今天天氣好清爽，陌上野花香，青山綠水繞身旁，
　　　　　　　　小鳥聲聲唱。四方好友相聚，語多話又長。野外共
　　　　　　　　餐多清爽，彼此祝安康。

　　（唱畢四句後，除了一誠站最中間略做移動，其他演員往四處走，繼續唱歌，唱畢第八句後，全體歌聲改為哼吟方式，一誠拿著鍵盤，一

邊練習打字一邊敘述。）

一誠　　　　不知道你有沒有這樣的經驗，眼看著自己，一天天
　　　　　　慢慢的消失……這樣的經驗你有嗎？第一次有自己
　　　　　　的房間之後，我就在我床頭的前後各擺一面鏡子，
　　　　　　我喜歡起床之後，看到自己容光煥發的樣子，那樣
　　　　　　一整天下來，我心情都會很好，十九歲車禍之後，
　　　　　　我的床頭仍掛著一面鏡子，但是卻變得越來越看不
　　　　　　清楚了，好幾次，我用手去摸，想把鏡中的自己摸
　　　　　　清楚，但是，怎麼摸還是摸不到，看不到……

　（長清手上拿著一個只有鏡框的鏡子在把玩著，好像藉著鏡子在整
理服裝，又好像在欣賞鏡子中的自己。）

長清　　　　比起一誠，我的運氣差多了，我不是羨慕常有女孩
　　　　　　子對他吹口哨，我說的是他到十九歲因為車禍慢慢
　　　　　　失去視力，而我，從一歲半開始就什麼都看不見
　　　　　　了，我從來就不知道自己長什麼樣子，長到這麼大
　　　　　　也沒有照過鏡子……
　　　　　　（長清伸手摸自己的眼睛、鼻子、嘴巴、下巴……）
　　　　　　我想這樣的眼睛配這樣的鼻子再配這樣的嘴巴應該
　　　　　　不算難看吧！不然，那些來按摩的歐巴桑怎麼都會
　　　　　　叫我帥哥！聽她們的口氣不像是在安慰我啊……管
　　　　　　他，就當作是真的吧！帥哥……帥哥……
　　　　　　（長清像在品味這兩個字，害羞的一遍遍說著，說完後

拿出口袋裡的梳子梳頭髮邊唱起）

今天天氣好清爽，陌上野花香，青山綠水繞身旁，小鳥聲聲唱。四方好友相聚，語多話又長。雖然望眼一片暗，我心仍飛翔。（唱完後繼續說話）這種天氣很適合談戀愛，問題是和誰談呢……

（長清左右張望，似乎是在找談戀愛的對象。光圈隨長清視線照來照去，最後照到在舞台前緣的惠珠，她的背後有一張黑板，她手上拿著一份報紙，以極近的距離在閱讀。她忽然發現光圈照到自己，抬頭笑笑的說）

惠珠　　你在看我嗎？再靠近一點……沒關係，你可以再靠近一點……你在看我的眼睛對不對？沒關係，我不介意。（她笑著看前方，並且將報紙折好，指著自己的眼睛）這叫小眼症，它跟瞇瞇眼最大的不同就是坐在教室第一排還是看不到黑板……

（將報紙放進書包，走到舞台後方，左手摸黑板，企圖看黑板上的字，摸到後整個人趴到黑板上看，終於看到了，開心的笑。唸黑板上的字，以注音拼音的唸法讀出）ㄊㄨˊ涂…ㄏㄨㄟˋ惠…ㄓㄨ珠…ㄕˋ是…ㄅㄣˋ笨（笑容收起）ㄉㄢˋ蛋！（她傷心的低頭站在那裡，又唸了一次「涂惠珠是笨蛋」，低頭走了幾步轉身面對觀眾）因為眼睛不好，後來學校把我分發到啟智班，從小學到國中我唸了九年的啟智班，每天上

課都在學同樣的東西；上課時候我都在發呆，下課也不跟別人說話，好像自己是一個隱形人，和別人和這個世界一點關係都沒有；後來進啓明學校後，我才知道，原來這個世界，不是只有一片空白！（唱著）雖然生命不燦爛，我心仍飛翔。

（惠珠唱完拿出報紙繼續看，懋漳開始用手風琴彈奏有一點悲傷曲調的音樂，彈了兩小節後邊彈邊說，音樂聲逐漸變小。）

懋漳　　　　以前看電影，常看到瞎子彈奏手風琴，很奇怪，好像盲人跟手風琴特別有緣。不過，在我學手風琴時，我可沒有想到，有一天，我也會看不到！（專心彈兩小節）我失明二十年了，從二十六歲開始，我的視力越來越不好，到三十歲之後就完全看不見了，不過，我的老婆還是嫁給我，今年我五十一歲，還沒有換老婆……（他彈了一小段輕快的音樂之後，笑著說）也沒有被我老婆換掉！

（懋漳繼續彈奏，舞台燈光漸亮，其他演員陸續進場，天福左手拿拐杖，右手搭著大嫂的肩進場。）

大嫂　　　　拜託！你青盲也要有個青盲份，手杖推出去一些，走路抬頭挺胸！你這樣頭殼低低，別人怎麼知道阮尪有多緣投！

（天福抬頭挺胸走出，手杖碰到別人時都會說一句）

天福　　　　你好！我叫尤天福……你好……你好……

大嫂　　　　我十九歲就嫁給我老公，結婚四、五年後，有一次他游泳後眼睛痛，醫生說是感染結膜炎，但是後來怎麼吃藥怎麼擦藥膏，眼睛還是一樣痛，而且視力越來越模糊，我們繼續看醫生，什麼名醫都看了，但是一年以後他的眼睛還是沒醫好，而且變得只能看到模糊的輪廓……我那個讀很多書又很會說笑話的緣投尪，從此變成一個沒有謀生能力的瞎子……那時候我的家人還有朋友都勸我離開他，但是我沒有離開……有一次，我發高燒昏睡了好久，他一直守著我……懵懵懂懂中我只記得他一再說著幾句話，他說：「這個世界上對我最好的人就是妳，如果妳走了，我就跟妳走，我一定跟妳走。」因為這幾句話我撐過來了，到今天，我還是很慶幸我能嫁給他。如果有下輩子，我還是要嫁他。老公！

天福　　　　好了啦！這種話等半夜蓋棉被聊天時候再講就好，現在講幹嘛，別人都還沒介紹到！對否？玉鳳！玉鳳！

（玉鳳在舞台上整理小孩子的衣物，她停下動作。）

玉鳳　　　　我在這……我叫薛玉鳳，今年二十七歲，國中時候因為發高燒變成青光眼，目前我的視力是零點零四，也就是說東西要拿到這麼近我才能看到（她用手比著），雖然我視力很差，而且離婚，但是在我兒

子心目中，我還是全世界最好的媽媽，在我心目中，他也是全世界最寶貝的兒子，雖然他的視力也不正常，但他還是我的寶貝，我最愛的寶貝。

（玉鳳說完坐下縫小孩衣服。佩妮在玉鳳的左側旁看點字書，當玉鳳說到她的兒子時，佩妮便停止閱讀，開始注意聽她說話，當玉鳳說完了之後，她便有感而發的開始訴說自己的遭遇。）

佩妮　　我也是我爸媽的寶貝，但是我心裡還是常常有一股怨恨，爲什麼要讓我看不見？就算我命中注定要看不見，至少也等我看清楚這世界長什麼樣子，再讓我看不見吧！爲什麼……出生時因爲黃疸，睡保溫箱，結果護士不小心把保溫箱溫度調太高，引發我視網膜病變，我可以說還沒來得及張開眼睛看這世界，就被莫名其妙的闔起眼睛了，而且是永遠的闔起來……

（佩妮說完話想要把點字書打開來閱讀，但是想一想又把書闔上。杏玲從舞台左後方往前走，在佩妮闔上書的同時，打開一本記事的小本子。）

杏玲　　小時候因爲一場病，我變弱視者，但我還是很皮，戴著眼鏡，照樣玩到被老師罰站！國中時候，有一天，不知道是感冒還是怎樣，頭好痛好痛，後來有人跟我說吃百服寧可以治頭痛，我就去買來吃，吃了一顆後眞的就不痛了，但是，半個鐘頭後，頭又

開始痛了，而且越痛越厲害，我記得那時候我正在幫我媽收拾餐桌，我收了一疊碗盤，走到半路突然眼前一片漆黑，我問我媽：「怎麼停電了？」我媽回我：「沒有啊！燈還亮著！」當時我心裡馬上有一種很不好的感覺：「死了！我是不是變全盲了……怎麼會這樣，才吃一顆就全盲！」我嚇死了，站在那裡，大聲叫著：「媽！我看不見！我看不見啦！」後來醫生說我是過敏性體質，某些藥我吃了會過敏會變失明，而這種例子不多，一千人當中大概只有一個人會得，而我就是這麼幸運！後來在醫院打了一個禮拜的針，我的視力恢復了，雖然還是弱視，眼睛也還是一大一小，但我很珍惜了。（她拿起那一本記事的本子）從那時候起，我把吃了眼睛會變看不見的藥名和食物通通記下來，這本子已經記快一半了。

（杏玲小聲唸出她不能吃的藥或食物。玨娟在杏玲唸食物名稱的過程中，從舞台的中間往前走，彷彿是走在過去看病的路程中。）

玨娟　　講到看病經驗，從台北的台大、榮總到台中、台南、高雄甚至羅東，各大眼科我都看過，連幫蔣總統開刀的名醫也幫我開過刀，只是看來看去，我的眼睛還是沒看好……下回若有人介紹名醫，我會不會再去看……（想一想……笑著）有時候還是會夢

想，希望有一天眼睛能變好……只是這夢想似乎很
渺茫……下輩子吧！如果還有下輩子，請讓我能看
見而且是清清楚楚的看見，好嗎？

（當珏娟說到「有時候還會夢想……」四周圍的光漸漸轉弱，到最
後只剩下光圈，縮到只照亮抬頭望天的珏娟，周遭一片漆黑，黑暗中其
他的人向珏娟飛來，擠進光圈處……在眾人展翅中……光圈漸縮……全
體演員更努力展翅……光全暗。黑暗片刻後，另一光圈亮起，嘉堂出現
在舞台左後方，他手上抱著一個跑馬燈，以緩慢的步伐，從舞台的左後
角走到舞台的右下角，跑馬燈上的文字呈現出時間不停的在流逝，而且
速度是越來越快。）

嘉堂　　　　十五年前醫生跟我說，我患了先天性視網膜病變，
　　　　　　我的視力將慢慢減退……退到有一天，我將完全看
　　　　　　不見，醫生的話就像一道咒語，跟著我一天過一天
　　　　　　……去年開始我真的越來越看不見了……每天天黑
　　　　　　後我就變成一個盲人，直到天亮太陽升起我才能再
　　　　　　看見……但是終究有一天，不管太陽多早升起，不
　　　　　　管陽光多明亮多溫暖，我還是無法再看見……再也
　　　　　　無法看見……這一天，就快來了……

（嘉堂將跑馬燈擺在舞台前緣，慢慢的走下場。舞台的燈光漸漸暗下
去，跑馬燈卻越來越明亮，跑馬燈的時間最後終於歸零，隨後它也熄
了！）

第二場：假如世界上的人都看不見

　　與這些盲友在排戲的空檔時閒聊，他們說在社會上他們因為眼睛看不見，成為弱勢團體，但是假如全世界的人都看不見，那他們一下子就成為優勢團體，因為他們是最能適應沒有光的生活。

（舞台上燈光亮起，煙霧瀰漫舞台，響起了武俠森林般的音樂。煙霧中，兩位穿披風的盲劍客——長清和懋漳持杖上台……兩人隨時向前後左右揮杖，似以長劍防衛一般，忽然槍聲四處響起。長清和懋漳披風甩到身後，將手杖摺起，變成短槍對準前方備戰。備戰中嘉堂穿風衣走來。）

懋漳、長清同聲　江哥好！

嘉堂　　　　　（酷樣）好……大家都知道咱們警界有一條好漢叫楊子敬，這小子蠻酷的，不過，我比他還酷，我叫楊子江。

　　　　　（懋漳和長清一人敬香煙給嘉堂，另一人替他點火。）

嘉堂　　　　　我今年六十五歲，我不抽煙。

　　　　　（嘉堂掏出一支棒棒糖塞進嘴巴。）

懋漳、長清　　酷！（收下煙和打火機）

　　　　　（突然傳來槍聲，三人同時趴下，舉手杖佯裝是槍。）

長清	報告江哥！我……我雖然從小就想當警察，但是，我的眼睛……我看不到歹徒在哪裡！
嘉堂	看不到歹徒在哪裡？…（頓一下）那至少你可以小聲點，不要讓歹徒看到我們在哪裡吧！
長清	是！（大聲回答）
嘉堂	小聲一點！
長清	是！（大聲回答）
嘉堂	小聲一點！
長清	是！（這才明白，小聲的回答）
嘉堂	你還不蹲下！

（長清蹲下）

懋漳	報告江哥！如果歹徒知道我們是瞎子，那怎麼辦？
嘉堂	怎麼辦……大不了讓他們打死；反正現在是在做夢，你愛怎麼編就怎麼編！
長清	那可不可以不要夢我們死，我們把它夢成……歹徒也是瞎子，那不就扯平了！（大聲說還站起）who 怕 who！
懋漳	（他也站起）對呀！如果歹徒也看不見，那我絕對有辦法抓到他，我瞎二十年了，當瞎子誰比我資歷深！

（懋漳大膽起身往外走，嘉堂起身拉住他。）

嘉堂	等一下！既然是做夢，可以再奇特一些！這樣好

了，我們把它夢成全世界的每一個人都看不見，怎麼樣？夠酷了吧？

懋漳　　　是很酷，可是如果大家都看不見，那會不會每天都有車禍人禍，大家撞來撞去。

長清　　　不會呀！到時候自然會有人發明導航系統，由電腦告訴你四面八方的車況，電腦會幫你開車。

（燈光暗，三人下場。珏娟、嘉慧、珮芸、梅娟、惠珠、杏玲、玉鳳、天福等八位演員上台，每人胸前掛了一個會閃紅燈的手機，手機具有導航的功能，八個人各站舞台前後左右四方。美綾身穿號誌燈服，扮成紅綠燈，站在舞台（路）中間指揮交通。）

美綾　　　滴……南北向閃黃燈。

　　（珏娟要偷跑被嘉慧拉回來。）

嘉慧　　　妳沒聽到閃黃燈了！

珏娟　　　我上班快遲到了！

　　（珏娟還想跑。）

美綾　　　嗶……嗶……南北向變紅燈，東西向變綠燈。

　　（全體演員停的停，過馬路的過馬路，珏娟急得要死，按胸前手機。）

珏娟手機　後方七公尺處開來一輛計乘車，是空車。

珏娟　　　太好了，我有救了！

（玨娟伸手攔車！圓珍扮司機做開車狀，頭上帽子寫著 taxi，她胸前也掛了一隻手機，在她後方有天福、玉鳳二人做乘客。）

圓珍手機　　嗶……嗶……注意……注意……前方三公尺處有人攔車，前方三公尺處有人攔車。

（圓珍做煞車狀，玨娟向嘉慧道再見，做開門要上車狀。）

圓珍　　小姐，我車上有客人啦！妳還上來！

玨娟　　那我手機為什麼指示妳這是空車，還是妳有超車，我要攔的是別輛！

圓珍　　這一路上的車都載人了，妳那手機有問題，妳用哪一家的台號？

玨娟　　我這是 0932 的！

圓珍　　0932 的最爛了，妳還用！

玨娟　　誰說的！每次到內湖或陽明山，只有我 0932 可以收到，其他 0935、0938 都嘛收不到！

圓珍　　可是像在這種市區它就不靈光了，告訴妳，現在促銷期間，一台俗俗沒多少（台語），我勸妳換用 093……

玉鳳　　司機小姐，妳也幫幫忙，我們在趕時間耶！趕快開車好不好；不過，這位小姐，我跟妳說，我在網路上有看到，多頻手機比較不會干擾，我想妳不是要換基地台，而是應該換手機，像我這一款的就是！

天福　　換妳嘛幫幫忙，都已經來不及了，還在扯這些！

圓珍	小姐，妳到哪裡？
珏娟	我到頂好商場！
圓珍	（轉頭對天福）有順路耶！你們兩位幫幫忙，大家一起共乘，省時間又省錢，怎麼樣？
天福	好啦！好啦！趕快，再慢火車就開走了！

（珏娟上車，圓珍開車向前。）

圓珍手機	前方五公尺處有紅綠燈，請減速慢行！
美綾	嗶……嗶……東西向變紅燈，東西向變紅燈，南北向變綠燈，南北向變綠燈！

（圓珍通過紅綠燈前按手機。）

圓珍手機	我是南北向車，我正在左轉，我是南北向車，我正在左轉。

（圓珍車轉彎，繼續前行。梅娟和珮芸當路人，兩人一前一後走在路上，胸前也各掛手機。）

圓珍手機	十公尺外左前方四十度方位有一個女人，身寬約五十公分，同角度十五公尺外有另外一個女人，身寬約七十公分。
圓珍	七十公分？那這女人的屁股一定很大！
珏娟	七十公分會很大嗎？我的手機顯示妳的屁股至少有八十五公分！
圓珍	妳剛剛說妳用哪一家的？（珏娟未回答）這一家的手機不能用，我的臀圍明明只有八十四公分，怎麼

會顯示成八十五公分，那家的手機有問題！

（珏娟和玉鳳聽了紛紛轉頭對觀眾做鬼臉，車子安全通過珮芸，往前接近梅娟時，突然珮芸跑回找梅娟。車子朝向她們二人前進，眼看就要撞到了。）

圓珍　　　　我勸妳還是改用我這家的，指示準確通話費又……

　　　　　　（被打斷）

圓珍手機　　緊急呼叫！緊急呼叫！前方五公尺處有路況！

圓珍　　　　有什麼路況你要說啊！

圓珍手機　　前方三公尺處有路況！

圓珍　　　　我知道有路況，但到底是什麼路況？

天福　　　　妹妹！我上個月叫妳幫我繳保險費，妳繳了沒有！

玉鳳　　　　我想想看我有沒有繳。

（車上的人嚇得要死，梅娟和珮芸站在前方，一個拿手機講話，一個湊在旁邊聽，兩人完全沒查覺到後方來車。）

圓珍手機　　前方二十公分處有兩根圓柱。

（圓珍在珮芸和梅娟身後緊急煞車，兩女生尖叫！舞台上所有人的手機紛紛嚷著：「前方有路況……前方有路況……」大家亂成一團，紛紛問手機：「哪個路口出狀況？」「什麼狀況你說啊？」）

梅娟　　　　妳這是哪一家的手機，怎麼車子都撞上來了，還不
　　　　　　知道顯示，這算什麼導向手機！拿去退掉！

珮芸　　　　這是妳叫我買的，妳還說這家的手機全球評鑑第一
　　　　　　名！

| 梅娟 | 這地球的人是怎麼回事，眼睛變瞎不打緊，連腦袋都變笨了，這種手機也給它評第一名！ |

（梅娟丟手機給珮芸。）

| 手機 | 叫我第一名……第一名……第一名…… |
| 珮芸 | 這麼遜還叫第一名，丟臉死了！ |

（手機又丟回給梅娟，梅娟不願接，在兩人間丟來丟去……。）

（舞台燈光漸暗，紗幕降下，幕外舞台前緣處燈亮，嘉堂、懋漳、長清站在台上，各拿一支短槍對外戒備。）

| 懋漳 | 報告江哥，這個夢，不太好吧！我怕這會結怨，萬一中華電信、台灣大哥大還有什麼和信、遠傳的人都找來，怎麼辦？ |
| 嘉堂 | 他們那些大財團，財大肚量大，免驚啦！ |

（後方突傳來陣陣炮聲，他們嚇了一大跳，迅速的趴下。）

嘉堂	（恐懼的說）真的找來了！
懋漳	（更恐懼的說）財團越大，報起仇來越可怕！
長清	（快要嚇死的說）江哥，現在怎麼辦，我們要不要裝死！
嘉堂	（突然充滿勇氣的說）士可殺不可辱，當大哥怎麼可以裝死！（信誓旦旦說著，說完卻雙手高舉做投降狀，低聲下氣的說）不要開槍，拜託你們不要開

槍，我們只是愛做白日夢，隨便瞎掰而已，你們
這些大哥大，大姐大千萬別動怒啊！大家有話好
說，有話好說！

（嘉堂舉手投降求饒之際，突然響起一個聲音。）

（os）　　　（小孩聲音）叫我第一名，叫我第一名！

嘉堂　　　（掏出腰際大哥大）好，你第一名，第一名！

（嘉堂剛忙著關手機，懋漳的手機也響了，出現老男人聲音：「叫
我第一名，第一名！」）

懋漳　　　好好，你也第一名！

（懋漳才要關手機，換長清的手機響起，一個女人的聲音響起：
「叫我第一名，第一名！」）

嘉堂　　　哪來這麼多第一名，我看改天我開家工廠專門製造
　　　　　第一名好了，真的是喔⋯⋯

（三人忙著找手機上的按鍵，那「叫我第一名」的叫聲卻仍此起彼落響
著。）

第三場：按摩人生

提到盲人最先聯想到的工作便是按摩，按摩似乎和盲人劃上等號。在這次的演員中，有許多位盲友的工作便是按摩，他們提供了許多工作上的真實經驗，讓我們可以從戲劇的角度，一窺盲友在工作上的真實感受。

（紗幕昇起，舞台前緣擺了九張椅子，九位演員站在椅子後方。音樂起，所有演員全部做著同樣的按摩動作，將椅子當成是一個人般的認真按摩起來……。在完全一致的動作下，呈現出來的是一種怪異而有趣的感覺，他們時而推拿，時而將椅子轉來轉去，像是在替人活動筋骨一般。音樂停，所有人站起，同時一鞠躬。）

眾演員　　　　　（齊聲高喊）謝謝光臨！

（燈暗。燈再亮起時，台上的演員彼此搭著肩膀，從中間分為兩隊，由工作人員引導下場。舞台工作人員在舞台左邊佈置了三張簡單的床，舞台右邊是一個客廳，有桌椅及電視、電話、收音機，舞台最左側有一方布簾當進出口，布簾上寫著店名「純純的愛」。一誠、懋漳在客廳一邊打電腦及彈手風琴，嘉慧在櫃台拿放大鏡看報紙。電話響，嘉慧接起。）

嘉慧	（一副愛理不理的口吻）純純的愛按摩院！你好……
	喔。（掛下電話）
懋漳	找誰的？
嘉慧	打錯電話的！
懋漳	（無奈的）阿妹啊！就算是打錯電話也沒關係，妳還
	是可以叫他來我們這裡按摩！
一誠	對啊！再不拉點生意，我們按摩院都要關門了！

（天福飾演按摩院老闆自外面進來。）

天福	剛才誰說要關門？（一誠和懋漳低頭喝茶，不語）只
	要我尤天福在的一天，這間純純的愛按摩院就不會
	關門！

（眾靜默，電話又響，嘉慧接起。）

嘉慧	（變得很有禮貌又很親切，但是感覺很生硬，和先前截
	然不同）喂！純純的愛按摩院你好，我們有正統按
	摩、腳底按摩、油壓指壓，您需要哪一種服務……
	喔！妳是老闆娘……好！我會跟老闆說，老闆娘再
	見……（掛電話）老闆！老闆娘打電話來交代，叫
	你幫客人按摩時候一定要陪客人聊天，這樣客人下
	次才會再來。
一誠	對啊！不然我們的生意真的會越做越沒有！
懋漳	要不是老闆娘出去擺地攤，我看我們早就喝……
	（即時住嘴）

天福	喝你的茶啦！那麼多話！
一誠	古人說忠言逆耳，所以老闆我一定要再補充一句！
天福	看在你對本按摩院一片忠心，有什麼話你儘管說！
一誠	可惜這些話不是要說給你聽的，阿妹啊！不是我說妳，既然當總機，要有個總機的樣子嘛！接電話的聲音要柔一點、撒嬌一點嘛，大哥！（碰懋漳）你講一遍給她聽！
懋漳	（柔媚性感的說）純純的愛你好，有什麼需要我服務的嗎？

（天福一聽馬上嗆到。）

天福	拜託！我這間都做純的喔！
懋漳	啊～憑我們三個怎麼做黑的！
一誠	對啊！阿妹啊又長的那麼抱歉！
嘉慧	我還真謝謝我媽把我生的這麼抱歉……哼！

（嘉慧不理他們自行看報。電話又響起。）

嘉慧	（溫柔性感的說）純純的愛按摩院你好，有什麼需要我為您服務的嗎？
懋漳	（碰一誠）我們這個阿妹啊以後會很有前途！
一誠	不錯！不錯！一教馬上會！
天福	唉……世道日下！雞犬昇天哪……（無奈的喝茶）
嘉慧	老闆！你的老顧客張小姐說她十分鐘後帶她男朋友過來按摩，叫你先準備準備。

天福	知道了！你們看，像這樣純純的做，還是有生意啊！還不止一攤呢！

（一歐巴桑由圓珍扮演，做成非常肥胖狀，緩慢地由舞台的左邊走進場。）

歐巴桑	（操台灣國語）你們這裡有幫人家按摩？
天福	有！有！有！
歐巴桑	純按摩！
天福	當然純按摩，憑我們三個男的和一個長的那麼抱歉的總機，怎麼可能做黑的！
一誠	就是說嘛！
歐巴桑	那好！裡面有空房間？
天福	阿妹啊，妳帶小姐去第一間！

（嘉慧帶歐巴桑到靠右邊舞台的房間。）

天福	一誠！這攤給你。
一誠	好！

（一誠擦擦手，阿妹帶他到房間，一誠敲敲門進去。）

（第一床燈亮。）

一誠	歐巴桑麻煩妳背對我側躺。
歐巴桑	這樣嗎？（側躺卻面對一誠）
一誠	對！

（一誠沿歐巴桑身體線條上摸了一遭。）

一誠　　　（手放在歐巴桑胸旁兩側）這裡最寬從這裡開始按就
　　　　　沒錯了！

　　　　　（一誠手下去，一碰到歐巴桑的雙峰馬上彈開。）

　　　　　對不起！對不起！我不是故意的！

歐巴桑　　沒關係！

一誠　　　怎麼會沒有關係！眞的是對不起，平常我都是從客
　　　　　人兩側摸起，摸到最寬的地方，那就是臀部，然後
　　　　　從臀部背面的地方腹部開始按起，一般人這樣按都
　　　　　沒問題，我沒想到妳最寬的地方是 —— 那裡……對
　　　　　不起！歐巴桑眞的對不起！

歐巴桑　　眞的沒有關係，摸都摸了，何況……好久沒有人摸
　　　　　我那裡了！（説完自己嘎嘎笑）

（笑聲中，一床燈暗，二床燈亮。天福幫一男人按摩，梅娟在一旁玩
牌。嘉慧在外偷聽聲音。）

嘉慧　　　啊怎麼都快按完了還不聊天！

　　　　　（嘉慧急得跑回櫃枱打電話，房間電話響，天福接起。）

天福　　　喂！

嘉慧　　　老闆，老闆娘不是有交代，叫你多跟客人聊天！

天福　　　我顧抓龍煞忘記！（他掛電話開始聊）老闆啊！啊我

這樣抓還可以嗎？

客人　　　不錯不錯！你的技術蠻好的，我按來按去就這次按的最舒服！

天福　　　啊我以前去唐小姐那裡，你每次都喝醉在睡覺，你怎麼知道舒不舒服！（天福幫客人拉高手做拔起動作，客人叫了兩聲。）很好，很好，都開了！

客人　　　（不解）我哪時候喝醉了，我好像也沒去過她那裡！你是不是……

（此時天福正在按客人頭部，發現認錯人了，順勢用力把他按下去，客人大叫。）

天福　　　啊死了！我真正認不對人，唐小姐原來妳……

（梅娟搶話）

梅娟　　　對呀！尤老闆你怎麼這個倒那個啦！唉喲！你說的那個唐小姐是我姐姐，那個醉鬼就是我姐夫嘛，你不要嚇人了！

客人　　　就是啊！害我都被說糊塗了！

天福　　　歹勢！歹勢！

（客人付錢出去，梅娟趕緊拉天福到旁邊小聲說話。）

梅娟　　　我客兄有三個，你不要這個倒那個好不好？你這樣會害我沒人養。

天福　　　是是是，以後我純按摩就好，我不會再說了！我不會再說話了，妳放心！

梅娟　　　　嚇死我了！

（天福區燈暗，一床區燈亮。嘉慧對一誠大叫）

嘉慧　　　　陳一誠你在幹什麼？！客人給你的是五百元，你當
　　　　　　做一千元，還找他三百元。
一誠　　　　他跟我說那是一千元的，我又看不到！
嘉慧　　　　下次客人付錢時候你叫我來收好不好！我雖然長的
　　　　　　很抱歉，但我至少不會收錯錢吧！本來七百塊現在
　　　　　　只拿到兩百塊，怎麼報帳！
一誠　　　　那你就把下午我做那個歐巴桑的錢，拿來賠好了！
嘉慧　　　　你喔……算了……算了……

（一誠區燈暗，天福吹奏的口琴聲入場……客廳處燈亮，已經晚上了，
天福坐上椅子吹口琴。）

天福　　　　今天做了三個客人，一家店有三個師父一個總機，
　　　　　　一天下來，只做三個客人……唉……（吹吹口琴）
　　　　　　有時候晚上等不到客人，我就吹吹口琴，常常不知
　　　　　　不覺就吹起這首「台北今夜冷清清」……（吹一小
　　　　　　節後唱起……）
　　　　（大嫂推泡茶桌進來，擺上了泡茶器具。）

大嫂　　　　　不要吹啦！聽起來好像無某無猴的，多淒慘！沒人
　　　　　　　客趁休息，沒關係啦！來啦！泡茶吃瓜子啦！

　　（大嫂帶天福的手摸一摸茶盤水壺的方向，天福泡起茶，大嫂打開
電視看。）

大嫂　　　　　老公，樓上新搬來那個周太太身材好好，你有沒有
　　　　　　　注意到？

天福　　　　　我是看有否？

大嫂　　　　　煞忘記你看不到，對不起！

天福　　　　　原諒你啦！啊其實就算我看得到，在我眼中全世界
　　　　　　　最漂亮的女人還是妳！

大嫂　　　　　你還記得我以前的樣子嗎？

天福　　　　　當然記得！

　　（天福伸手，大嫂把遙控器給他，天福關掉電視，伸手到旁邊打開
收音機。收音機聲流出音樂。）

大嫂　　　　　我以前好漂亮喔！臉瘦瘦的，腰細細的，連小腿都
　　　　　　　好細好細喔！

天福　　　　　我老婆長這樣子嗎？

大嫂　　　　　我那時候真的長這樣！不然我長怎樣！

天福　　　　　奇怪！我怎麼記得那個小腿細細的人不是妳，是另
　　　　　　　外一個！

大嫂　　　　　另外一個……啊？另外哪一個？

第四場：午夜夢譚

　　這一個片段的演出，是全劇中最具有想像力且充滿趣味的段落，對每一個演員都是充滿挑戰，因為不是演自己的故事，而是古裝的戲劇，因此他們必須與一般明眼的演員一樣，扮演與自己截然不同的角色。

天福　　　　我又說夢話啦……（趕快打哈欠）現在幾點？布袋戲的節目開始沒？

　　（天福轉收音機時燈漸暗。左邊原本是按摩床的地區，變成了一個廣播的錄音間。玉鳳和一誠坐在桌子後，兩人都戴耳機面對麥克風主持節目。）

玉鳳　　　　夜深了，您還沒睡吧？

天福　　　　我睡了怎麼聽？

大嫂　　　　聽就聽，講那麼多做啥！

（大嫂手拿收音機，天福搭她肩膀，二人下場。）

一誠　　　　各位收音機前的聽眾朋友，我們再度相會了，我是
　　　　　　素還真……真真真……（自己做迴音的效果）

玉鳳　　　　我是非常女……女女女……（自己做迴音的效果）

一誠　　　　歡迎您收聽今晚的午夜夢譚……譚譚譚……（自己

做迴音的效果）

玉鳳　　　　歡迎您收聽今夜的午夜夢譚……譚譚譚……（自己

　　　　　　做迴音的效果）

　　（玉鳳一給手勢，音樂進，音樂之後）

玉鳳　　　　在一個淒風苦雨的晚上——

一誠　　　　（台）在一個淒風苦雨的暗暝——

　　（兩人製造各式音效，包括雨聲、閃電、狼嚎、狗吠等。在音效聲

中，珏娟男性古裝的造型，腰繫長劍緩緩走出，一副很酷的樣子。）

玉鳳　　　　獨眼流浪客出現了。

一誠　　　　（台）獨眼流浪客出現了。

　　（流浪客亮相，眼神凌厲橫掃觀眾。）

玉鳳　　　　他騎著白馬——

一誠　　　　（台）伊騎著白馬——

　　（流浪客做出準備上馬的瀟灑姿勢。）

玉鳳　　　　（跟一誠商量）騎馬的速度好像不夠快，我們給他改

　　　　　　成坐飛機好不好？

一誠　　　　布袋戲裡的人都會輕功，飛一下就到了，所以用輕

　　　　　　功！

　　（流浪客做出輕功架勢。）

玉鳳　　　　可是我還是覺得騎馬比較好看耶！

流浪客　　　（差點跌倒，生氣的對主播說）喂！到底是要騎馬還是

　　　　　　用輕功？

一誠　　　　（被嚇到，妥協的）隨便，你自己決定好了。

流浪客　　　（嘟囔罵）甲我裝瘋仔！

　　（流浪客邊罵邊走回舞台中央，作勢吹徒手哨聲，但吹了半天仍是發不出任何聲音，只好喪氣的拿起掛在脖子上的口哨——嗶嗶兩聲。工作人員送出一隻馬頭道具。流浪客接過馬頭，上馬，原地奔馳起來。一誠和玉鳳看呆了。）

流浪客　　　（跑了一會，發現沒有新的指令）喂！你們兩個，接下來呢？

一誠　　　　（如大夢初醒）接下來？……你不是要趕去絕情谷，搭救你那個被綁架了的愛人嗎？

流浪客　　　（恍然大悟）喔，對哦！（氣勢如虹）出發——

玉鳳　　　　就這樣，獨眼流浪客騎著他的白馬，不畏狂風不怕驟雨，莊敬自強處變不驚的，一步步奔向他的愛人！

流浪客　　　（精神抖擻）我的香香，我的公主，我來救妳了！

　　（如軍樂般振奮人心的音樂進，流浪客帥勁十足的配合音樂奔馳。但隨著音樂的變調，流浪客愈跑愈慢，愈跑愈喘，臉色也愈來愈難看……刺耳高亢的馬鳴聲。流浪客一勒馬頭，終於停了下來。）

流浪客　　　（唱）我達達的馬蹄，是個美麗的錯誤……唉！當初，如果選擇用輕功，我早到達絕情谷把我美麗的公主救出來了，也不用折磨到現在腰酸屁股痛，連路都還沒走到一半呢！唉……眼看天色快黑了，我

還是加緊馬鞭火速前進吧！！！

（流浪客一抽馬鞭，狂奔下台。舞台的焦點又回到DJ主播台，播放廣告）

玉鳳　　　在獨眼流浪客到達絕情谷之前，讓我們先為各位聽眾朋友插播一段廣告 —— 你要結婚嗎？你要拍照嗎？「鍾愛一生婚紗攝影公司」是您唯一的選擇。

一誠　　　囝仔著驚嘛嘛號，查某人氣血不順，老大人膀胱無力，請服用純漢中藥煉製牛黃解毒散，中和南勢角中醫診所所所……

玉鳳　　　好了，讓我們再度回到「午夜夢譚」的現場。（恢復溫柔語氣）獨眼流浪客孤身一人，兼程趕往危機四伏的絕情谷。

一誠　　　他的心情沉重無比，但是絕情谷裡卻到處充滿了絕情谷主得意洋洋的笑聲 —— 哈哈哈哈！

（杏玲一副大王的裝扮，「哈哈哈哈」大笑四聲後進場，後面跟著「嘻嘻嘻嘻」笑聲的狗頭軍師 —— 嘉慧。）

谷主　　　今天乃本王大喜之日，那桃花國公主，本王覬覦多年！

師爺　　　翻譯成台語叫做「肖想幾多年」！

谷主　　　要不是本王製造那場假空難，那如花似玉的公主怎會淪落到我手上呢！

哈……哈……哈……想到各國王爺公子競相追求的香香公主，竟會成爲我絕情谷主第四個老婆，想來我就得意啊！（對師爺）師爺，快把我那三個老婆通通叫出來！

師爺　　　是。（對側舞台）谷主有令，宣三位夫人晉見！

三人　　　（在側舞台，哭叫）我——歹——命——啊——

　　（惠珠扮大老婆，梅娟扮二老婆，珮芸扮三老婆，三人拉袖哭跑進場，三人成一排站在舞台左前方。）

大老婆　　我是大老婆，當初他嫌棄我瘦小，執意再娶。嗚——
　　　　　——

二老婆　　於是他又娶了我，但是過沒一個月，他也開始嫌棄我……不夠圓。嗚——

三老婆　　因爲我比較圓，於是他把我迎進門，我本以爲我將是全天下最幸福的女人，可是三天後我……我還是被打入冷宮了。嗚——

三人　　　（齊聲再度哭喊）我歹命啊啊啊——

谷主　　　（忽然大吼一聲）煞！（罵）今天乃本王大喜之日，要是誰再哭哭啼啼的，我就叫師爺把妳們拖出去掄牆！

　　（三女敢怒不敢言，馬上咧嘴僵硬笑著。）

谷主　　　（滿意狀，轉頭對師爺）師爺，婚禮都準備好了吧？

師爺　　　是！不過啓稟谷主，聽說香香公主的未婚夫，就是

　　　　　獨眼流浪客，正朝絕情谷而來，準備把香香公主搶

　　　　　回去。

谷主　　　什麼？（大怒）真是氣死本王，氣死本王了！

師爺　　　翻譯成台語就是「氣到心臟病發作」⋯⋯

谷主　　　（打師爺）閉嘴！哼，好吧，他要來送死，本王就成

　　　　　全他，師爺，傳令下去，全體士兵加強防守，只要

　　　　　發現獨眼流浪客的蹤影，格殺勿論。

師爺　　　是！

谷主　　　哈哈哈！本王要娶第四個老婆了，天底下的男人，

　　　　　誰有我幸福！哈哈哈！

　　（狗頭軍師跟在谷主後面，兩人狂笑下台。三女待二人下台後，馬
上放聲大哭。）

二老婆　　等一下！我們不能光站在這裡哭啊！

大老婆　　對啊！這麼可惡的男人豈可讓他繼續逍遙？還不如

　　　　　把他（舉手做剪刀狀）卡擦 ——

三老婆　　（嚇到，緊張的）姐姐！你是說把他的⋯⋯

大老婆　　頭髮。我是說把他的頭髮卡擦，讓他去做和尚。

二老婆　　不！就算他做和尚，也是一名花和尚，成天採花，

　　　　　我們又何必多此一舉呢！不如⋯⋯

三老婆　　不如怎樣？

二老婆　　不知道。

大老婆　　（想到）耶！把他拖去「蓋布袋」毒打一頓，或者乾

脆把他一刀殺了……

（三女興奮的嘰嘰呱呱討論，下台。舞台的焦點又回到DJ主播台）

一誠　　哎呀呀呀，俗語說得好，最毒婦人心啊！

玉鳳　　誰叫他喜新厭舊，橫刀奪愛，（台）這種人（咬牙切齒）死好！

一誠　　說得好啊！不過所謂禍害遺千年，現在有性命危險的，反而是我們的獨眼流浪客——

（流浪客騎著馬出現，在舞台上尋找情人。）

一誠　　哎！自古紅顏多薄命，自從香香公主被綁架來到絕情谷後，每天茶不思飯不想，一到晚上就對著皎潔的月亮——

玉鳳　　（做痛苦狼嚎聲）

一誠　　不是啦，是對著皎潔的月亮嘆——息——

（一平台緩緩拉出，上面坐著公主佩妮，和丫環美綾。）

公主　　（唱）天頂的月娘啊，妳甘有咧看？看我的心肝啊，常常起畏寒，天頂的月娘啊……

（配合佩妮的歌聲，一誠和玉鳳拿出月亮和雲片揮動，最後雲片遮住了月亮。）

丫環　　（打斷）公主，不要再唱了，妳的歌聲連月亮都聽不下去，躲起來啦！

公主　　我難過嘛！想我本是桃花國的香香公主，還有一個

心愛的未婚夫叫獨眼流浪客，誰知道那個討厭的絕
情谷主不但綁架我，還逼我跟他結婚，眞是好景不
常，命運作弄……（不禁失聲痛哭）

丫環　　　　拜託，公主，不要哭了啦！我們兩個的眼睛都哭瞎
了，再哭下去，不知道又要換哪裡出問題了。

公主　　　　可是，要我嫁給那個花心大蘿蔔，我……（悲憤）
我還不如死了算了！

（公主拿出繩索做上吊狀，丫環急忙阻止。）

丫環　　　　不可以，公主，不可以……

（兩人拉扯中，忽然聽見遠處傳來一聲聲的呼喚。）

流浪客　　　香香……香香……妳在哪裡呀！香香……

（流浪客出現在舞台上，左顧右盼，焦急尋找，卻始終沒有看見公
主。）

丫環　　　　（聽見）公主！公主！好像是駙馬爺的聲音耶？

公主　　　　眞的？（欣喜若狂，舉手大叫）我在這裡！老公，
喂！……

（流浪客看見公主，將公主牽下平台，兩人驚喜相擁。）

公主　　　　我就知道你會來救我，我就知道！

流浪客　　　此地不宜久留，我們還是先離開這再說——

（流浪客帶著公主、丫環正要走，卻被谷主和師爺擋住去路。）

師爺　　　　站住！想來就來，想走就走，沒那麼容易！

谷主　　　　（奸笑）哈哈哈！獨眼流浪客，現在你插翅也難飛

了，（對師爺）上！

師爺　　　是，（遞劍給谷主）谷主上。（退後一步，跳啦啦隊的舞蹈）谷主，加油，谷主，加油！

谷主　　　（納悶）怎麼變成是我上？

流浪客　　廢話少說，看劍！

（流浪客不容谷主拒絕，拔劍衝上，谷主裝模作樣比劃一陣，突然跪下。）

谷主　　　（哀求）大俠饒命！大俠饒命啊！

流浪客　　不行！對付你這種貪生怕死，卑鄙無恥的小人，我一定要替天行道——

(os) 三女　　等一下！

（惠珠、梅娟、珮芸三人匆匆上台。）

三老婆　　（對流浪客）放開他！

流浪客　　喂，我是在幫妳們出氣耶！

谷主　　　（如獲救星）哎呀，三位夫人妳們來得正好，趕快替我教訓教訓他……

大老婆　　（打谷主，兇）訓你個頭！我們還沒找你算帳呢！

流浪客　　（納悶）那妳們為什麼要阻止我？

二老婆　　（傾心狀）你這麼勇敢，又這麼癡情，是我們打著燈籠也找不到的新好男人。

大老婆　　反正跟著原來的老公也不幸福，所以我們決定跟你一起走。

谷主、流浪客、公主、丫環	什麼？
師爺	翻譯成台語就是「奈會安呢？」
谷主	（直接打了師爺一掌）我不同意。
三女	（將谷主推得老遠）囉唆！
公主	（著急）我也反對，他是我的未婚夫……
三女	不管啦！拜託嘛！……

（三女和公主分別拉住流浪客左右兩手，將流浪客一下拉過來，一下扯過去，在舞台上形成了有趣的構圖，每形成一個新的構圖，流浪客就大叫一聲救命。）

| 流浪客 | （受不了，大叫）救命啊──── |

（舞台上全體演員定格不動，燈光漸漸暗下來，只剩下 DJ 主播台還有燈光。）

玉鳳	（台）緊張緊張。
一誠	（台）刺激刺激。獨眼流浪客千里迢迢來到絕情谷，沒想到卻贏得絕情谷三位夫人的青睞。
玉鳳	被拋棄的絕情谷主會不會使出報復手段？香香公主突然多出三個情敵，又要如何解決？自古紅顏多薄命，眼睛哭瞎的香香公主能不能戰勝宿命，重回流浪客的懷抱？
一誠	（台）劇情愈來愈精彩，愈來愈「嚇怕」，若要知道

這群人的命運到底如何？明天晚上同一時間，請繼續收聽午夜夢譚……譚……譚……

玉鳳　　　先別譚！在這裡做一項預報，繼午夜夢譚之後，我們後面還有更精彩的節目，廣告過後，請準時收看！

（玉鳳和一誠對觀眾一鞠躬，燈暗。）

第五場：身份證

　　一般人證明自己的身份，最常使用的是身份證。盲人最常使用的身份證件則是殘障證明。

（舞台上像是一間眼科診所，有醫生護士，有人在做視力檢查，並且有人在一旁等待看診。）

護士　　　　小姐，妳的視力沒有問題，請到旁邊等一下。39號尤天福！

　　（美綾拿手杖走上台，走到舞台中間右轉，面對觀眾。）

美綾　　　　她指的沒有問題是說我的視力看不見。我從出生就看不見，身體也很不好，我媽媽並不知道我看不見，她只覺得我的眼睛好像比其他小孩的眼睛漂亮，到我會爬會抓東西吃的時候，我媽媽才發現，原來我一直都看不見。媽媽問醫生——

（時空一下跳回到過去。）

媽媽　　　　醫生，我女兒的眼睛怎麼了？

醫生　　　　妳的女兒出生得了敗血病，病毒侵入視神經導致完

全看不見。

（時空又回到了現在。）

美綾　　　　從那時候起，媽媽就幫我辦了一本殘障手冊，開始
　　　　　　帶著我到處看病！在我還沒有身份證時，我已經用
　　　　　　那本殘障手冊好多年，（她從背包掏出手冊）現在這
　　　　　　本已經是換過第七次的了，對我來講，殘障手冊就
　　　　　　像是我的身份證一樣，甚至比身份證更能代表我，
　　　　　　這樣說起來好像有點悲哀，不過，當你習慣這種淡
　　　　　　淡的悲哀二十幾年後，你可能就再也不會覺得悲哀
　　　　　　了！真的，沒什麼好悲哀的！

　　　　（美綾說完，護士叫她去領殘障手冊便下場。）

護士　　　　這是妳的殘障證明，妳可以用這個去換新的殘障手
　　　　　　冊。

醫生　　　　（對天福）你到旁邊去檢驗一下！

　　　　（天福持手杖走去指視力表之處，護士協助他就定位。）

護士　　　　站在這裡，等一下我指符號，你把缺口告訴我。
　　　　　　（指符號）這個，（指符號）這個。

天福　　　　護士小姐，我看不到耶！

護士　　　　看不到也要努力指出來呀！人要有求生的意志！

天福　　　　是！（自言自語）又不是賭博用猜的！

護士	（用指揮棒指著測量視力的符號）這個……錯……
	（指符號）這個……錯……（指符號）這個……錯…
	…（指符號）這個……錯……（天福亂指所以都錯了）
	好了！你已經通過我們的測驗了！

（護士記錄他的病歷。）

天福	護士小姐，我的視力怎麼樣？
護士	第一級，40號黃圓珍。
天福	（聽錯了）低級？啊我雖然眼睛不好，但是我的人品
	很不錯啊！妳怎麼罵我低級呢！
護士	（大聲說）我是說第一級！
天福	第一級就跟第一名一樣，那表示我的視力很不錯
	囉！謝謝！我沒有這麼好！過獎了！過獎了！
護士	不錯什麼？第一級表示全盲，是視障中最嚴重的！
天福	原來一級表示重殘，就是殘障最嚴重的意思……
	（笑）沒關係啦！至少，現在我知道一級是什麼意思
	了！沒關係！真的沒有關係！（舉起右手）而且不
	用看也知道手指有五隻。謝謝妳！護士小姐！
護士	先生，這是你的殘障證明。

（天福開心的下場了。）

醫生	（對圓珍）妳到旁邊去檢驗一下！
護士	站在這裡，等一下我指符號，妳把缺口告訴我。
	（指符號）這個，（指符號）這個。

圓珍	護士小姐，我看不到耶！
護士	看不到也要努力指出來呀！人要有求生的意志！
圓珍	是！
護士	（指符號）這個……答對了！（指符號）這個……答對了！（越指越下面的小符號，但是圓珍全都答對了！）這個……答對了！（指符號）這個……答對了！……很好，妳的視力不錯！
圓珍	妳是說……
護士	妳的視力沒有問題，不可以申請殘障證明。下一位41號薛玉鳳。
圓珍	我的視力沒有問題，多少年來我期待聽見的就是這一句話，但是卻是在我需要殘障證明時告訴我的，只因為我全都猜對了！（她慢慢的走到台前，回憶過去感慨的說）從我國中以後，我的視力就很差，看了很多醫生，有的說是夜盲症，有的說是視網膜病變，不管是哪套說法，都讓我感到很絕望，因為在同學們忙著看演唱會忙著談戀愛的時候，我卻忙著不斷看一個個醫生，而怎麼看，我的視力還是越來越差……好幾次，爸爸要帶我去辦殘障手冊，我都找理由躲掉，因為我真的不想把自己和殘障者劃上等號，後來為了就診，我聽爸爸的勸，同意辦殘障手冊。有一天，我自己一個人去醫院檢查請醫生開

證明，沒想到視力表全被我猜中了！

護士　　　（對圓珍說）左眼 1.2！右眼 2.0！

圓珍　　　我想到從小一次次的就診，一次次期盼醫生能告訴我：「妳的眼睛不嚴重」，盼這幾句話盼了快十年，現在終於等到了，卻是在拒絕幫我申請殘障手冊時才告訴我，我真的不知道該哭還是該笑。

（哭笑不得的下場。）

醫生　　　（對玉鳳）妳到旁邊去檢驗一下！

（玉鳳持手杖走去指視力表之處，護士協助她就定位。）

護士　　　站在這裡，等一下我指符號，妳把缺口告訴我。
（指符號）這個，（指符號）這個。

玉鳳　　　護士小姐，我看不到耶！

護士　　　怎麼今天都是看不見的！看不到也要努力指出來呀！人要有求生的意志！

玉鳳　　　是！

護士　　　（她用指揮棒指著測量視力的符號）這個……錯……（指符號）這個……錯……（指符號）這個……錯……（指符號）這個……錯……好了！妳已經通過我們的測驗了！

（護士記錄玉鳳的病歷。）

玉鳳　　　不過常有人說，我跟我兒子看起來都不像眼睛有問題的人，這些話常讓我聽的不知道該哭還是該笑，

因為有好幾次，在我無助的時候，我好希望旁邊的
人能看出來我的眼睛看不見，給我幫忙⋯⋯

（在玉鳳說這些話時，舞台上添置了許多排椅子和櫃枱，椅子和櫃
枱處都有人，其他地方還有人走動⋯⋯）

玉鳳　　　　去年我帶兒子到醫院做眼睛檢查，那項檢查需要全
身麻醉，檢查好了以後，我兒子還呈現昏睡狀況，
我抱著他在櫃枱旁邊等拿藥，排了好久終於輪到
我，我發現醫生開了很多藥，我把我兒子抱到櫃枱
上，拿出藥包，問藥劑師怎麼吃藥，問到一半，突
然聽到碰的一聲，我轉頭要摸我兒子，卻摸不到⋯
⋯

（玉鳳的手在櫃枱處急得四處摸索，天福嫂站在旁邊。）

天福嫂　　　太太，妳小孩摔到地上了！

玉鳳　　　　啊！

（玉鳳急蹲到地上摸尋。）

玉鳳　　　　豪豪！你在哪裡？你在哪裡？

（玉鳳跪在地上四處爬行摸找小孩⋯⋯終於在她身後摸到，玉鳳做
抱起兒子的動作站起來。）

玉鳳　　　　豪豪，對不起，媽媽不小心，害你摔到地上，對不
起，你哪裡會痛？啊！趕快跟媽媽講你哪裡會痛？

（玉鳳抱著兒子，挨近眼睛從頭看到腳看了半天。）

玉鳳　　　　我抱著我兒子看了半天，他都沒有說話，我怎麼問

他都沒有反應，我嚇死了，我大聲叫著豪豪！豪豪！你跟媽媽講你怎麼了？豪豪！豪豪！你說話啊豪豪……他還是不回答我，我急得開始打他巴掌，我一定要把他叫醒，我不能讓他就這樣走掉！在這世界上，我只剩下他了，他也只剩下我這個媽媽，我一定要叫醒他！我一定要叫醒他……（她邊打邊叫）豪豪！豪豪！豪豪！我用力打他！一直打、一直他，打了好幾下他還是沒有反應……突然，我想到一樓有急診室，於是，我抱緊我兒子往一樓衝！

（玉鳳做抱緊兒子在舞台上衝跑跌撞。）

玉鳳　　　但是我看不到樓梯在哪裡，我又沒辦法拿手杖認路。

（嘉堂扮演成醫生，惠珠和梅娟扮演成護士，珮芸和玨娟及杏玲、嘉慧扮演成病人紛紛上台，陸續和玉鳳交錯、相撞。）

玉鳳　　　我抱著我兒子在那裡跑來跑去，沿路撞了好多人，但怎麼樣就是找不到樓梯，我好急好急喔！我抱著兒子繼續跑繼續撞……當時我好希望有人能看出來我看不見，幫我抱兒子到急診室，但是我在那裡撞來撞去連牆壁都撞了，就是沒有人過來問我，太太，妳是不是看不見？需不需要我幫忙？

（玉鳳繼續撞，撞了幾次她停住。）

玉鳳　　　（大聲）請問急診室在哪裡？！急診室在哪裡？！

（他人聞聲停步。）

玉鳳　　　　後來我終於找到急診室，醫生檢查後說沒有大礙，半個鐘頭後我兒子終於醒了……謝謝上帝！我兒子還是醒來了……感謝上帝……

（玉鳳做抱著兒子對天感謝狀，謝完抱兒子轉身要走……走兩步又轉回身。）

玉鳳　　　　（面對觀眾）當時，我真的好希望有人能走過來跟我說，太太，妳需不需要我幫忙，我真的好希望好希望有人能走來跟我說這句話……

（玉鳳說完，摸索下台，走沒幾步，工作人員上台扶她出場，玉鳳對那人點頭，說了一句：「謝謝你！」燈光暗，在黑暗中懋漳由妻子帶上場，彈奏風琴，玉鳳等其他演員到下一表演區準備。）

第六場：其實我看得見

在發展劇本時，盲友們也提出了一些曾經發生在他們身上，讓他們非常感動的故事，希望能夠呈現在舞台上，除了希望有更多的人願意幫助盲人之外，更希望藉著這樣的演出答謝當初幫助他們的人。

（懋漳彈奏一會兒後，燈光亮起，其他演員坐在一輛公車上。）

懋漳　　　　眼睛看不見的人，對於人情冷暖，感受更深刻，別人對我們的嫌棄、對我們的好，我們都能看見，我們真的都能看見，不信，你們看。

（舞台上立了一公車站牌。其他演員上台做搭公車樣，天福坐在椅子上做開車狀……發令左轉右轉，其他人隨著轉。公車一開，有人招手要上公車。突然緊急煞車，全體演員身體前傾……佩妮掉到一誠懷裡。）

一誠　　　　雖然我看不見，但是這種滋味……還是可以多來幾次的。

　　（佩妮一聽很不好意思，馬上起身站好，公車繼續往前開。圓珍上場，背背包、手拿一支雨傘邊走邊講）

圓珍　　　　雖然我後來還是領了殘障手冊，但我還是不希望別

人把我當瞎子看，所以我一直不拿手杖，爲了安全，我平常出門都會帶支雨傘，必要時候可以當手杖，邊走邊碰，這樣就不會撞到人或車子。

（圓珍見好像是公車開來，急得往前衝，撞到迎面趕來的天福嫂，雨傘掉地。）

圓珍　　　對不起！對不起！

天福嫂　　對不起就算了？啊！妳是青盲喔！我這麼大顆妳看沒有嗎？青盲牛亂亂撞！

（圓珍氣得回頭瞪她。）

天福嫂　　妳還瞪！我沒找妳算帳已經便宜妳了！妳還瞪！青盲牛亂亂撞。

（天福嫂氣呼呼離去，圓珍又瞪她一下，跑去攔公車並且上了車。公車才剛開，圓珍馬上拉鈴，她急得擠過其他人往司機處走去。）

圓珍　　　司機先生麻煩你停一下好不好？我的雨傘掉在站牌那裡，我眼睛不好，我一定要拿雨傘才能走路，麻煩你停車好不好？拜託你啦！

（司機又來一次緊急煞車，圓珍差點被摔出去，她跌跌撞撞摸爬下車，彎身在站牌附近找來找去就是找不到雨傘。）

司機　　　（探頭到車窗罵）喂！妳到底找到沒有！整台車都在等妳一個！

圓珍　　　我在找了，可是我眞的看不到雨傘在哪裡，你可不可以幫我看一下？

司機　　　　我吃飽太閒！幫妳看雨傘在哪裡！

　　（車上的人一臉不耐煩樣。圓珍等不到車上人的回應，難過的蹲到地上，伸手到處摸找。這時車上有一位明眼的小姐發現這個狀況，從車上走下來。）

小姐　　　　小姐妳在找什麼？

圓珍　　　　我在找我的雨傘，就掉在這附近，可是我卻找不到！（她慌亂地繼續摸。）

　　（小姐轉身四下尋，看到不遠處的地上有一把雨傘，她過去撿起來。）

小姐　　　　是這把有圓點的嗎？

圓珍　　　　對！沒錯！在哪裡？

　　（小姐拿傘過來給圓珍，交到她手上。）

圓珍　　　　謝謝妳！

　　（那位小姐協助圓珍上車，車子又繼續地前進。）

圓珍　　　　（抹抹眼淚）真的謝謝妳！好心的小姐！妳是我從小到大，看過最漂亮的人！真的！妳好漂亮好溫柔，謝謝妳！漂亮的小姐，謝謝妳……

司機　　　　台北火車站到了！

（嘉堂下車，他將公車站牌轉面，地點變成台北火車站。）

嘉堂　　　　我也有一個很窩心的小故事，地點發生在台北火車

站。

（汽笛聲中，有五人做火車動作，從舞台右中翼上台，快速駛過……從左中翼下台。）

嘉堂　　　　去年開始我的眼睛越來越模糊，每天一到天黑，即使戴眼鏡，一樣什麼都看不見，今年年初，有一天，我從楊梅來台北辦事，忙到晚上八、九點，我才到台北火車站，一下公車，我幾乎寸步難行，邊走邊摸才走進台北火車站大廳，但是四處一片模糊，我在那裡撞來撞去，撞到後來，我拉下老臉了。

　　　（嘉堂四處問人，但是其他演員都不理他，不急先生從嘉堂面前走過，嘉堂拉住他。）

嘉堂　　　　這位先生！對不起！我眼睛不方便，可不可以麻煩你帶我去買一張到楊梅的火車票。

不急先生　　（非常熱心）沒問題，跟我來。

　　　（不急先生牽著嘉堂開始在火車站四周走來走去……繞著那個站牌走去又走回。）

嘉堂　　　　先生，賣票地方有改是不是？

不急先生　　我不知道耶！不急！不急！我也是第一次來台北火車站，到楊梅的車票在哪裡買？我也要找一下。

嘉堂	眞的！那眞是對不起！浪費你時間，你有沒有要趕車？
不急先生	不急！不急！先幫你買票重要……

（二人繼續找，珮芸和梅娟上台，兩人身上的衣服寫了「南下火車」、「購票處」。）

不急先生	喔！我看到了，在那裡！

（不急先生帶嘉堂走去買票。）

嘉堂	（邊走邊掏錢）錢在這裡！
不急先生	不急！不急！我先帶你到上車月台！
嘉堂	不好意思，你眞的不趕車嗎？
不急先生	不急！不急！還有時間！

（不急先生帶著嘉堂在舞台上穿進穿出。）

嘉堂	先生，麻煩你到現在，我還沒請問您貴姓大名？
不急先生	不急！不急！先找到你上車月台再說！

（不急先生帶嘉堂繼續穿梭，音效做出火車進站、停住的聲音。）

（os）	南下往高雄的火車就要開了，還沒上車的旅客請趕快上車……（重複說著）
不急先生	我找到了！從這裡下去！

（不急先生牽著嘉堂快速奔向月台。）

嘉堂	先生，剛剛買火車票的錢我還沒給你。
不急先生	不急！不急！我看我先帶你上車比較重要。

（火車開動了。）

不急先生	火車要開了！我把你丟上去！
嘉堂	不！！不用了！
不急先生	不急！不急！反正車也已經開了！

（火車開走了。不急先生目送車開走。）

嘉堂	火車……
不急先生	（尷尬笑）不急！不急！下一班很快就來了。

（不急先生轉身面對觀眾擦著汗邊說著）

不急！不急！我先幫你買一罐飲料！

（跑到販賣部）

小姐，兩罐飲料！

店員	你要等一下ㄟ！
不急先生	不急！不急！我可以等！

（不急先生說完轉身背對觀眾，嘉堂轉身面對觀眾。）

嘉堂	最後我當然還是有搭上火車，平安回到家。

（火車又入站，嘉堂轉身走到火車旁邊。）

嘉堂	上車後，我才想起來我還沒問到這位熱心人的貴姓大名，連車錢也沒給他，我想下車去，車卻開動了，我只好坐下對著窗外猛揮手（他對窗外揮手，不急先生同時也對他揮手，二人的視線的焦點越來越遠，彷彿火車越行駛越遠一般），也不知道他有沒有看見

……我揮著手心裡想著，我就稱呼他不急先生好了！不急先生謝謝你的熱心幫忙，我謝謝你也祝福你……（唱）我祝您永遠健康。（生日快樂歌的調子）

（燈暗）

第七場：生日快樂

與每一個人一樣，這些盲演員們也有他們的願望。當他們說出自己的願望，無論是否有實現的機會，都獻上最虔誠的祝福。

（台上微暗、空蕩，全體演員在舞台上排成一排，手上都拿著還沒有點燃的蠟燭。每當一個人說完話之後，志工就會上場為他們點燃手上的蠟燭。）

梅娟　　　　每年生日的時候，我都會偷偷許下這個心願：如果
　　　　　　有一天，我的視力能變好，那我一定每天做一件好
　　　　　　事，我還會每天穿得漂漂亮亮，讓我們辦公室的每
　　　　　　一個人都很養眼、很開心上班，來我們光鹽借有聲
　　　　　　書的盲友就算看不見我的漂亮，也會被我的香氣，
　　　　　　聞得舒舒服服，每個人都變得又開心又健康……所
　　　　　　以，老天爺，你一定要幫我，讓我有一天變成能看
　　　　　　得清楚，好不好……

玉鳳　　　　從我這裡看下去，下面好像有好多燈，雖然我只看
　　　　　　到一片模糊，但是應該很漂亮吧！萬家燈火，一家
　　　　　　家的人這時候正圍爐吃晚飯，談著今天發生的事
　　　　　　吧！萬家燈火，點點溫暖在心頭（說得都快哽咽了）

……不要難過，今天是妳的生日，怎麼可以難過！趕快許個願吧……我希望，我兒子的視力不要再惡化，我自己怎樣都沒有關係，下輩子要讓我再當個瞎子也沒關係，但是請老天給我兒子一副正常的眼睛，好不好？就算注定要不正常也不要再惡化，讓他至少能看清楚這個世界，好嗎？請上帝幫助我，達成這個心願，懇請上帝……（對天說）

（傳來惠珠彈吉他唱搖滾生日頌：「沒問題！你們的心願都能達成……祝你生日快樂，祝你生日快樂……」）

（燈亮，惠珠彈吉他高唱著，唱畢還擺 pose，然後吉他擺一邊。）

惠珠　　　小時候辦家家酒，我最喜歡扮演的就是上帝，很好玩對不對……每年生日那天，我都會爬到我家頂樓，不是去當上帝呼嚨別人，我是上去看夜景，我們房東常說從這裡看出去比到陽明山看夜景還漂亮……可惜，我看起來都是模模糊糊的……沒關係！朦朧有朦朧的美……今天吃過三個蛋塔了，現在我要許願了。（她雙手合掌許願）第一個願望，希望我的眼睛能永遠保持這樣，不要再惡化，我還想繼續看到這種朦朧的美，第二個願望，希望我能交到一個男朋友，第三個願望，希望有一天我當流行樂團的團長……很好笑喔！不過！誰說它一定不會實現呢！（她說完低頭合掌）通通實現……阿門……

（惠珠走到旁邊拿起吉他開始彈奏快節奏搖滾或 funk 音樂……極盡狂野的演奏，樂聲中，珮芸和圓珍及杏玲跳舞上台。）

珮芸　　我希望我在明年生日的時候能減肥成功，變成最佳女主角！

（珮芸說完擺一個很妖嬌的pose！）

圓珍　　我希望科學發達的速度能追上我眼睛惡化的速度，那些有愛心又聰明的科學家趕快發明新藥，讓我的視力不再惡化，如果能回到從前的視力更好，那樣我就可以回去幼稚園教書了！來！一二三四、二二三四、三二三四。

（圓珍帶珮芸和杏玲跳有氧舞蹈，梅娟跟著跳。一誠隨節拍跳舞進來。）

一誠　　眼睛看不見之後我照常跳舞，照常唱KTV，我還學會了按摩和電腦，這兩年來我跟玉鳳一樣，一直在上電台DJ的課程，她主持過節目，我也當過主持人，那些半夜節目的主持人，常找我去代班，今年生日的那天，我當著所有的朋友面前許了一個心願，有一天，我一定要當上電台主持人，是正式的不是代班的喔！我要在節目裡教所有盲友和明眼人，怎麼欣賞音樂、怎麼跳舞、怎麼狂歡！

（玉鳳走過去，一誠帶著她跳起舞，杏玲獨舞到旁邊，羨慕的看著玉鳳和一誠跳舞。）

杏玲　　　　今天，我又偷偷的許下我那個小小的心願，我希望
　　　　　　那些善良的誠懇的未婚男子，偶爾也能看看我們這
　　　　　　幾個女孩子，我們雖然眼睛不好，但是，若有機
　　　　　　會，我們還是會努力做一個賢妻良母……不要只看
　　　　　　到我們的眼睛……多看看我們的心，好嗎？

　　（一誠放開玉鳳，數起拍子，台上所有女生跟著他跳舞。天福從左
翼幕前緣上台，吹著口琴，大嫂從右翼幕前緣上台。）

大嫂　　　　每年生日時候，我都許同樣的願望，希望我老公和
　　　　　　我兒子還有我都能健健康康平平安安，尤其是我老
　　　　　　公，我很感謝他，眞的，雖然他看不見，但其實他
　　　　　　照顧我的地方，多於我給他的照顧，我眞的很謝謝
　　　　　　他……老公。

　（大嫂跑去抱老公。）

天福　　　　好了啦！跟妳說這種話等到晚上蓋棉被才來慢慢
　　　　　　講，妳都說不聽……害我臉都紅了……

　　（大嫂摸摸他的臉，二人往後走。嘉堂帶著懋漳和長清上台，一人
搭扶一個，嘉堂又抱著那個跑馬燈，懋漳彈手風琴，長清持手杖，三人
唱著「流浪到淡水」前四、五句，懋漳開口說話時，二人變成哼的。）

懋漳　　　　每次聽到有人唱這首歌，我就很開心，因爲唱這首
　　　　　　歌的金門王和李炳輝他們的眼睛也是看不見，看到
　　　　　　有盲人受肯定，心裡眞的很舒服……在今年生日時
　　　　　　候，我偷偷許下一個心願，希望有一天也有人能發

現，我肉粽的手風琴也彈得很好，啊歌聲也不難聽

喔……（唱起）O…SO…LO…MI…LO…

（長清跳了兩下，舉起手杖做槍對準前方之姿。）

長清　雖然我的眼睛看不見，沒辦法當警察，不過，我最

　　　大的心願還是希望這社會上能有更多勇敢的好警

　　　察，保護我們的婦女以及善良的百姓。

嘉堂　醫生說我這兩年內，眼睛就會完全看不見……我接

　　　受這個命運，但是我要請老天爺幫我一個忙，讓我

　　　的身體能保持健康，因為我還有一個最大的心願，

　　　我希望在我有生之年，能將大陸三十五個省走遍，

　　　雖然看不到，我想用聽的用聞的用摸的，我還是能

　　　摸出大江南北的好風光……雖然眼前一片暗，我心

　　　仍飛翔……

（舞台兩側，嘉慧和珏娟各帶佩妮和美綾上台，唱起歌。所有人飛向舞

台中間……漸聚攏，嘴巴唱著：「今天天氣好清爽………………」）

（舞台上其他光區漸收……唯舞台中間演員頭上的燈亮著……哼唱中…

…幕漸落……歌聲繼續。幕降……幕再起，演員排成一排謝幕。）

黑夜天使

首演資料

新寶島視障者藝團策畫、製作

1998年11月21日首演於台北市萬華區民眾活動中心禮堂

團長／製作人：陳國平

執行製作：陳淑貞

節目介紹人：張琪

編劇及導演：王婉容

故事提供者：全體演員

舞台設計／音樂設計：王婉容

服裝設計：陳國平

燈光設計：洪劍鳴

化妝造型：涂慧珍

舞台監督：王婉容

道具管理：陳淑貞、蔡明清

燈光音響執行：好進電氣有限公司

攝影：陳明賢

海報：張琪

主要演員及角色

陳國平 —— 飾演國平、珮琦的教官、懋瑩的爸爸、卡車司機乙、家興的爸爸

劉懋漳 —— 飾演懋漳、call in的聽眾、懋瑩的監考老師、國平的朋友黑豬仔

劉懋瑩 —— 飾演懋瑩、懋漳的朋友、珮琦學校的教務主任

林家興 —— 飾演家興、卡車司機甲、卡車司機阿輝、國平的朋友大塊仔、倪
　　　　　妮的客戶

陳一誠 —— 飾演一誠、懋漳的兒子

倪　妮 —— 飾演倪妮、懋漳的老師、懋漳的女兒、珮琦的老師、懋瑩的老師
　　　　　和媽媽、家興的妹妹

李珮琦 —— 飾演珮琦、懋漳的太太

序場：黑夜來臨

（懸疑的打擊樂音樂聲中，大幕漸漸開啓，光線微微照在排成半圓形身著黑衣黑褲的演員身上，從左到右分別是蹲著的一誠，站著的懋漳，站著的珮琦，站著的倪妮，坐在舞台中央椅子上的國平，站著的懋瑩，蹲著的家興，音樂聲漸漸隱去，倪妮緩緩地向前走一步，面對觀眾開始說話。）

倪妮　　　　今夜，我們要來演故事。

　　（倪妮退後一步，懋漳同時也往前走一步向觀眾說）

懋漳　　　　夜晚的到來，有這麼嚴重嗎？（舉起右手至胸前）的確（握拳點頭），就這樣摔了一跤。

　　（懋漳退後一步的同時，珮琦往前一步接著說）

珮琦　　　　我是視網膜色素病變的患者，有一天，黑夜會完全的來臨。

　　（說完珮琦即退後一步，一誠在右舞台定位站起來，緊接著往前一步攤開雙手說）

一誠　　　　是什麼原因到現在還是個謎。

　　（放下雙手，退後一步，同時，懋瑩從左舞台定位往前一步自信而宏亮地說）

懋瑩　　　　我是從事運輸業的視障者。我的外表雖然長的很

醜，但是心裡卻很溫柔。

　　（懋瑩說完話旋即退後一步，此時在旁邊的家興站起來往前一步驚惶地說）

家興　　　　一夜之間，我的眼睛，什麼東西，再也看不見了。

　　（說完後低頭退回定位，在中間的倪妮又往前一步甜甜地說話）

倪妮　　　　出生時是很可愛的小baby，（轉爲黯然地）四個月後，家人卻發現，我的眼睛有異樣。

（燈光轉換，聚焦到懋漳和倪妮身上，倪妮飾演懋漳的班導師，懋漳轉身面向老師，正準備回家，與她告別。）

第一場：夜鳴

戀漳	（匆忙又不好意思地說）啊，真抱歉，夕陽快要下山了，我必須趕快回去了。
老師	對，你眼睛不好，今天真的有點晚了，要趕快回去囉。

（此時戀瑩飾演的同學從右邊走向戀漳和老師的中間。）

同學	（熱心地）喂，肉粽（戀漳的台語外號），你視力不太好，我送你回去吧。
戀漳	謝謝，不用啦！我還可以，大家再見。（匆匆轉身）
老師、同學	再見，小心點喔！

（此時燈光轉換到舞台的中前區，戀漳作騎腳踏車動作，雙手抓著車把，雙腳輪流踩著踏板，往左邊匆忙地騎過去，轉一小圈，又往右邊匆促地騎過來，邊騎邊說）

戀漳	啊，黑夜終於來了，我不能再騎太快，我只好慢慢沿著柏油路來騎。

（眼看戀漳越騎越往中間靠，此時飾演卡車司機甲的家興從右邊作開車動作，急促地迎面快衝向正騎腳踏車到舞台中央的戀漳，一邊發出按喇叭的「叭、叭」聲，兩人迎面撞個正著，戀漳大叫一聲「啊！」應聲摔倒在地。）

司機甲	（停下來生氣地用台語大喊）你是青盲喔！不要命啊！

腳踏車隨便亂騎！

（司機甲說完即又快速地往左邊開走，從後區回到自己的定位。）

懋漳　　　　（一邊作將腳踏車扶起的動作，一邊說）對不起，對不起，對不起。（此時司機甲早已遠去）唉！奇怪，我怎麼騎到對面車道去了，靠邊，靠邊。（一邊說，一邊慌忙地往左前方騎過去，一不小心又掉入水溝裡，作掉進水溝跌倒的動作，發出一聲慘叫「啊！」又作掙扎爬出水溝的動作，拍拍自己的身體，摸摸膝蓋，站起來說）不能再騎了，只好慢慢牽著腳踏車，慢慢沿著路邊走回家。

（懋漳一邊作推腳踏車的動作，一邊往左舞台緩緩地前行，此時同學從右舞台後面走出跟上懋漳。）

同學　　　　（拍他的肩膀用台語問，懋漳停下來回頭側向他）咦，肉粽，你走這麼久了，現在才到這裡而已哦！……是發生什麼代誌啊？

懋漳　　　　（低頭不語，強作笑容抬起頭來說）沒啦！沒什麼啦！

同學　　　　要不要我送你回去啊？

懋漳　　　　不需要，不需要，我自己回去就可以了，謝謝。

同學　　　　那末我先來去囉！順走哦！

（同學拍拍懋漳肩膀離開，走回舞台右邊定位。）

懋漳　　　　順走。（懋漳嘆一口氣，轉身面向觀眾說）每當黑夜降臨大地，夜幕低垂之際，我就必須如同飛鳥歸巢

（左手作小鳥翅膀飛行狀，上下擺動），難能隨心所欲的在外活動，於是寫出了這首旋律哀怨，詞意消沉的歌曲——「夜鳴」。

（「夜鳴」的手風琴前奏悠悠滑入，戀漳站在台中，面對觀眾開始演唱「夜鳴」，歌聲淒切真摯，戀漳的手拉著扇形的琴盒，和歌聲一起自然的張合起伏，倪妮在他左手邊，戀漳唱一句，倪妮就輕柔地吟誦一句歌詞，歌聲與吟誦聲連成一氣，所有台上的其他演員也都在定位上，安靜地聆聽。）

戀漳	（唱）寒風沙啦啦，
倪妮	（誦）寒風沙啦啦，
戀漳	（唱）細雨淅瀝瀝，
倪妮	（誦）細雨淅瀝瀝，
戀漳	（唱）黑夜啊黑夜，
倪妮	（誦）黑夜啊黑夜，
戀漳	（唱）黑漆漆沒有燈光，
倪妮	（誦）黑漆漆沒有燈光，
戀漳	（唱）冷清清沒有人影，
倪妮	（誦）冷清清沒有人影，
戀漳	（唱）是誰堵上了門，
倪妮	（誦）是誰堵上了門，

懋漳	（唱）是誰擋住了路，
倪妮	（誦）是誰擋住了路，
懋漳	（唱）叫我何去又何從，
倪妮	（誦）叫我何去又何從，

（如泣如訴的手風琴間奏進，懋漳屏氣凝神將迷惘的情感藉琴聲傳達，琴聲化作他的另一種歌聲，間奏自然收束，懋漳的歌聲又再度響起，琴聲又退爲伴奏。）

懋漳	（唱）歌聲睡覺了，
倪妮	（誦）歌聲睡覺了，
懋漳	（唱）跳躍休息了，
倪妮	（誦）跳躍休息了，
懋漳	（唱）黑夜啊黑夜，
倪妮	（誦）黑夜啊黑夜，
懋漳	（唱）夢悠悠沒有蟲聲，
倪妮	（誦）夢悠悠沒有蟲聲，
懋漳	（唱）昏沉沉沒有鳥鳴，
倪妮	（誦）昏沉沉沒有鳥鳴，
懋漳	（唱）是無情驅走友情，
倪妮	（誦）是無情驅走友情，
懋漳	（唱）是冷酷趕跑歡笑，

倪妮	（誦）是冷酷趕跑歡笑，
懋漳	（唱）長夜漫漫何時鳴。
倪妮	（誦）長夜漫漫何時鳴。

（「夜鳴」的歌聲漸漸停止，在「夜鳴」的手風琴音樂尾聲中，倪妮退回舞台後方定位，懋漳輕輕走向舞台中央，微微仰起頭，平靜地面對觀眾娓娓訴說。）

懋漳　　　　雖然命運的打擊讓我灰心沮喪，可是我仍不絕望，日子在進入了盲人重建院後，有了漸露曙光的轉機，在那裡我學會了謀生的技能，也接受了心理與職業的重建，生命中，最重要的除了老婆、家人，還有——我的情人（停頓微笑），不要誤會哦，我的情人……是親愛的手風琴。因為我可以藉著它抒發我心裡澎湃起伏的感情，同時自娛娛人，雖然生活並不寬裕，老婆和我有三個很可愛的兒女，家庭的溫暖是我幸福的春天，記得兩年前的那一個二十二週年結婚紀念日……

（珮琦扮演懋漳的太太從右後方緩緩走向懋漳，挽住他的手，倪妮和一誠扮演懋漳的女兒和兒子也從後面輕快地走向懋漳。）

第二場：結婚紀念日

女兒　　　　爸、媽，我們今天一起去吃小吃好不好？

懋漳、太太　好啊！好久沒有好好吃一頓了！

兒子、女兒　（高興地拍手稱慶）好棒哦！

　　（四人一起手牽手走向舞台左邊，在昏黃的燈火下，席地圍坐，作吃小吃的動作，喬治・溫斯頓溫暖的鋼琴聲悠揚地伴著他們輕聲笑談的細語聲和互相夾菜吃飯的動作。）

女兒　　　　（起身）爸、媽，我先走囉，今天功課很多，我要先回家作功課了，你們慢慢吃。

　　　　　　（轉身往另一端走去，作整理家裡的動作，拿出藏在桌下的蛋糕，打開盒子，插上蠟燭，逐一點亮，此時，兒子牽著吃完小吃的懋漳和太太悠閒地往回家的路上走來，兒子走在前面，先回家看女兒準備好了沒有，兩人作V字手勢表示大功告成，兒子立刻轉身帶爸媽進來，牽著爸爸的手摸桌上的蛋糕，一邊和女兒一起大聲說）

兒子、女兒　爸、媽，結婚週年快樂！（女兒上前握住爸爸的手臂搖晃著。）

懋漳　　　　（一愣後喜出望外地）好啊！難怪姊姊要先回來作功課，原來你們事先串通好啦！哈！真是沒有白疼了你們兩個！（高興地拍著兒子的肩膀，一邊緊緊握住

女兒的手高興地搖著。）

兒子　　　這是你最愛吃的芋頭蛋糕哦！先許願才可以吃，兩
　　　　　個明的，一個暗的。

女兒　　　爸爸，快許，快許。

懋漳　　　好，（在燭光閃爍中雙手合十，虔誠許願）謝謝上天
　　　　　賜給我這樣溫暖幸福的家，我希望全家每個人都能
　　　　　健康平安快樂，就像現在這樣……

　　（在太太、孩子的歡呼鼓掌聲中，懋漳一口氣吹熄了蠟燭，在喬
治‧溫斯頓的溫暖鋼琴音樂聲中，他們分吃著切好的蛋糕，光和音樂都
漸漸變淡變弱，演員在燈光轉換中，靜悄悄地背轉身成一列，走回到舞
台後方聆聽定位。）

（燈光緩緩轉移至舞台左邊的珮琦身上。）

第三場：畢業典禮

(這一場由倪妮飾演老師，國平飾演教官，懋瑩飾演教務主任，在珮琦的畢業典禮上，三人慢慢聚攏，在舞台的正後方圍成一圈，彼此輕聲閒談，珮琦走過去對他們說)

珮琦　　　今天是我的畢業典禮，好不容易終於畢業了，謝謝主任、教官、老師這三年來的照顧，但是，走出校園，往後的日子我還是覺得很恐慌。

教官　　　(和藹溫暖地握住珮琦的手) 李同學，畢業之後我們就各分他地了，在此祝福妳，未來路都非常順利，有空也常回到這裡來，看一看學妹和學弟，彼此鼓勵，祝福妳，祝福妳。

　　(珮琦點頭回握一下教官的手，走向主任。)

主任　　　(堅定有力地) 珮琦，視力微差雖然是妳的障礙，但妳一定要勇敢面對眼前的事實，讓事實不再現實，讓現實不再殘酷，相信妳未來的路就不會孤獨了，加油吧！

珮琦　　　謝謝主任的打氣，我會努力走出自己的路。

　　(珮琦對主任鞠躬，走向老師。)

老師　　　(慈祥溫柔地搭著珮琦的肩說) 珮琦，不管妳在無

助、無奈、無知，還是無所事事的時候，妳都可以來找老師傾訴，也許我不能幫妳解決所有的事情，但是我永遠都會是妳最好的傾聽者。（輕撫珮琦的肩膀）

珮琦　　　（感動哽咽地點頭）謝謝主任、教官、老師，你們真的對我太好了。

　　（珮琦面對他們再次行禮，依依不捨地一一握手道別後，緩緩地轉身走到舞台中央，三位師長也一一回復到聆聽的定位。）

珮琦　　　（悠悠地邊徘徊邊說著）雖然有師長的鼓勵，但對於未來的人生，我還是覺得非常的徬徨、無助。

　　　　　（珮琦顯得更加焦躁不安地走來走去，此時「奇異恩典」的聖歌音樂響起，聖樂一直伴隨著以下珮琦的禱告，珮琦仰頭深吸一口氣，臉上略顯柔和平靜，雙膝跪下，雙手疊合，緊緊交握，低頭深切地祈禱）

　　　　　主啊！當所有的人都離開了，只剩下我一個人，還有黑暗不可知的未來，我覺得我好孤單、好軟弱、好無力，我的視力越來越模糊，終有一天，我將什麼也看不見……，我好……好怕，主啊！人走到盡頭，才是神的開始，黑暗也不能遮蔽我，使你不見，黑夜卻如白晝發亮，……你的手必引導我；你的右手也必扶持我，主啊，你是我路上的明燈，感謝你賜給我這麼多關心我、鼓勵我的朋友師長，感

謝你一直陪在我身邊，給我力量和安慰，主啊！請
讓我一直緊跟著您，緊跟著您，阿門。

(「奇異恩典」的聖樂隨著光漸漸淡遠，燈光移到從舞台左後方緩緩走出
的一誠，珮琦緩緩起身沒入黑暗中的後區聆聽定位。)

第四場：酷愛自由的杜鵑鳥

一誠　　　（緩緩地往前走，面向觀眾娓娓訴說）珮琦的恐慌，似乎很像是我當初快要失明時的心情。十九歲那年，發生了一場車禍，是我人生最大的轉變，是什麼原因，導致我雙目失明，到現在我還是不了解。在那段日子裡，我每天除了吃飯，就是吃藥（沮喪地蹲下），除了發呆（盤腿坐下，右手托腮，手肘支在盤坐的腿上），就是睡覺（側躺在舞台上，右手撐住頭，面對觀眾），每天晚上，我總是抱著希望入眠（頭往後仰，全身平躺下去），卻總是在失望中醒來（邊說邊撐地遲緩沮喪地坐起來），早晨起來（起身），總是習慣照照鏡子（對著前方虛擬的鏡子，舉起手來撫摸自己的臉，將頭湊近鏡子，想看清自己的臉），卻看見鏡中的自己逐漸模糊（很頹喪地垂頭蹲下），慢慢消失（一會兒，又忍不住再次站起來，湊近鏡子努力想看清自己的臉），好幾次我都伸手去摸（右手往前伸，作觸摸鏡子的動作），想把鏡中的自己摸清楚，但卻怎麼樣也摸不到，看不清（右手又無奈地撫摸自己的臉，然後又頹然放下手，沮喪地全身後仰，躺在地上），就這樣每天在希望與失望之間拉踞

著（急速坐起來，站起來，又蹲下，最後用雙手緊抱著膝蓋，把整個身體踡縮成一團），我沒有犯什麼錯，卻得被囚禁在黑暗牢籠裡（緊張焦慮的音樂急急切進，一誠雙手觸地，雙膝跪在地上，像一隻被囚禁的野獸），不論我向左、向右、向前或向後（一誠邊說邊向左、右、前、後快速慌張地爬去，彷彿掙扎著找出路的困獸，卻發現四周都是阻擋的柵欄，最後頹然放棄地停止動作，仍然維持四肢著地的姿勢，抗議般微仰著頭面對觀眾），不論我走的多遠，跑的多快，始終無法掙脫這無形的黑暗牢籠（緩緩地起身站定慢慢恢復平靜，音樂漸漸隱弱，直至不聞）。

聽說有一種鳥叫杜鵑鳥（一誠的左手像御風飛行的飛鳥翅膀一樣，輕柔如波浪般地上下擺動），傳說這種鳥十分的酷愛自由，當牠被獵人捕獲的時候，（突然蹲下，雙手環抱住自己的雙肩，宛如被捕受傷的鳥，低頭瑟縮地縮在角落一樣，堅忍地說）牠會不吃與不喝，直至死亡為止，而牠如果不小心誤入了民舍，找不到出口的時候（抬起頭站起來），牠就會自殺而死，十足的不自由吾寧死（向天舉起握拳的左手一揮，旋又緩緩放下），而我是否也應該像杜鵑鳥一般，為我的黑暗時期劃上休止符？（沉默地慢慢坐下，低頭沉思了好一會兒後說）有一天（電話鈴響），

我有一個朋友打電話來詢問我的近況。

（此時舞台右後方飾演朋友的國平定位光區亮起，朋友作打電話的動作，電話鈴持續響，直到一誠作接電話的動作，電話聲才停。）

朋友	嘿，一誠，是我啦。
一誠	幹嘛？
朋友	沒什麼啊，你現在眼睛的情況怎麼樣了？
一誠	（無奈地）就這樣，沒有更好也沒有更壞。
朋友	（關心地問）那現在怎麼辦？如果換眼角膜有沒有用？
一誠	（不耐）不知道有沒有用。
朋友	（更焦急地）你怎麼都不擔心？
一誠	（生氣而自嘲地）不擔心？我怎麼會不擔心？如果擔心可以讓我的眼睛變得更好，能夠讓我再重見光明的話，我一定天天擔心。
朋友	（恍然了解）唉，好啦，那改天到山上來泡茶，我們好好聊一聊。
一誠	眼睛不好，還怎麼去山上？不方便啦。
朋友	那我開車去接你，你自己多保重喔。

（朋友作掛電話的動作，一誠也掛下電話，朋友的光區變暗，留下一誠

（的燈光，一誠平靜地面對觀眾說）

一誠　　　　這樣每天跟命運搏鬥的日子，一直走下去，也不是
　　　　　　辦法。於是我來到了慕光盲人重建中心，學習一個
　　　　　　視障者要學會的種種技能，我考取了按摩執照。
　　　　　　（邊說邊往舞台中央走，此時，一位舞台工作人員拿著
　　　　　　一張椅子也走到舞台中央，扶一誠坐下。）後來，我
　　　　　　也學習電腦以及廣播，偶爾，我也主持廣播節目。
　　　　　　（越說越愉快起來）

（一誠作戴耳機及檢查機器的動作，準備進行他的廣播工作，此時一誠
區的燈光漸至大亮，飾演聽眾朋友的懋漳在舞台右邊，燈光也微微亮
起。）

一誠　　　　（愉快地）各位聽眾朋友大家好，再次與你們在空中
　　　　　　相見。歡迎你們收聽 FM95.6 陽光燦爛節目，Fresh
　　　　　　Fresh Sunshine Boy, 希望你們每天的心情，都像陽光
　　　　　　一樣的燦爛。現在我們要開放 call-in，歡迎你們隨
　　　　　　時打電話進來。

　　（此時聽眾的光區燈光加亮，聽眾走向前一步面對觀眾作打電話的
動作開始 call-in。）

聽眾　　　　（興奮得大叫）啊！是我嗎？是我嗎？

一誠	沒錯，幸運的人就是你。請你說出我們的通關密語！
聽眾	...Fresh...Fresh...Sunshine Boy!
一誠	答對了！漂亮！請問你想問什麼問題？
聽眾	主持人，如果有一天，你的眼睛能夠再看見的話，你最想看到的是什麼？
一誠	（俏皮地）你要我說實話還是假話。
聽眾	當然要聽你說真話。
一誠	好，那我就告訴你吧。我最想看到的是 —— 大海。（海浪的聲音漸進，加上海鳥的鳴叫聲此起彼落，伴著波濤起伏的海浪聲，聽到浪聲，一誠臉上自然而欣喜地露出笑容）以前看得到的時候，我很喜歡去海邊，心情好的時候去，鬱卒的時候也去，很奇怪，不管心情起伏多大，那一片水藍色的大海，總能讓我的心情平復下來，現在我心情不好的時候，只能努力地從腦子裡去找回，曾經看過的那片大海，不論我人在那裡，不管天亮了沒有，只要我想到海邊，就能打開我心裡的門窗，那片水藍藍的大海，自然會浮現在我的眼前。（大海的波濤聲漸漸隱去）這個答案你滿意嗎？
聽眾	（感動得哽咽起來）很滿意……很滿意，謝謝。
一誠	Fresh Fresh Sunshine Boy, 陽光燦爛不會下雨喔！歡

迎你下次再 call in 進來哦！

（一誠面向觀眾朋友，往前走三步，身體前傾，面帶微笑，左手在身側張開。）

一誠　　　（魅力十足地模仿廣告明星）各位觀眾朋友，你在看我嗎？你可以再靠近一點（左手舉起，作引誘人過來的動作），對不起，是我應該要靠你們近一點（又主動往前走近觀眾一步），因為我很喜歡用心看你們（左手向觀眾打開），更喜歡用心（左手按住自己胸口）看我自己。

（一誠將右手蓋上左手，放在胸口，面露微笑，燈光在一誠臉上漸漸暗去。戀瑩在舞台中央偏右處，燈光漸漸亮起，倪妮飾演的老師走向戀瑩。）

第五場：珠算比賽

老師　　　　（鼓勵地對懋瑩說）劉懋瑩同學，這次珠算比賽，你
　　　　　　是班上的第一名，那接下來的校際比賽，就由你來
　　　　　　代表班上參加，希望你也能爲校爭光。

懋瑩　　　　謝謝老師，沒問題，我一定會全力以赴的。

（懋瑩轉身坐下，進入舞台後方的珠算比賽會場，此時所有的演員都坐
在地上做小學生打珠算的動作，左手翻珠算考題，右手快速地撥打著珠
子，只有懋瑩不停地低頭努力看考題，左手不停地搔頭、抓耳朵，右手
緊張地不斷抓額頭，兩手互相搓來搓去，焦躁不安地轉頭看來看去，雙
手還在褲子上抹來抹去，飾演監考老師的懋漳在同學前面來回地走著，
又回到舞台右邊定位，看了看錶，背台對著所有演員說）

監考老師　　時間到！各位同學交卷。

　　　　　　（所有團員站起來，一起作雙手交卷的動作後，退三步貼近大幕，
停在聆聽定位上，此時懋瑩才遲疑地走到監考老師的身邊，很難過又尷
尬地交出考卷，頭垂得低低的。）

監考老師　　（低頭作看考卷的動作後，驚訝地說）咦？劉懋瑩同
　　　　　　學，你怎麼都沒寫啊？你怎麼交白卷呢？

懋瑩　　　　（哽咽委屈又困難地說）在班上比賽的時候，老師都

是用唸的，可是……這次比賽是用看的，我都看不清楚……怎麼寫啊?!

（說完立刻往舞台後方衝過去，衝回飾演懋瑩爸媽的國平和倪妮身邊，燈光也快速切換到坐在椅子上的爸爸，和站在椅子旁的媽媽身上。）

懋瑩　　（哭著抱住爸爸的腿，跪在爸爸椅子旁，忿憤不平地用台語質問爸爸）阿爸，你給我說，我的目睭到底安怎啊？為什麼會越來越看沒？目睭看未到，讓我英雄無用武之地，我是不是會變青盲？是真的還是假的啦？

爸爸　　（急急拍他的肩膀用台語安慰他）你莫想這麼多，咱們會攔去看醫生，醫生一定有辦法來醫，好嗎？

媽媽　　看你汗流成這樣，先擦一擦，沒要緊，咱們下次再攔來參加，來，咱來去樹下納涼，汗擦一擦，要喝茶嗎？

懋瑩　　（聽到母親聲聲的關懷，忍不住崩潰地叫出聲來）……阿母！

（懋瑩離開爸媽，恢復平靜，走向觀眾。）

懋瑩　　這是我童年時怵目驚心的往事，但是，也就是因為這一件事情，我告訴我自己，我絕對不向命運低頭，我絕不服輸。

第六場：吃苦像吃補

戀瑩　　　由於視力的不如常人，在生活上常常遇到瓶頸，可是每逢挫折，我都時常跟自己說，要得到別人的尊重之前，要先肯定自己，一枝草、一點露，唔通講，沒法度，懶惰馬總也有一步踢，我絕對不能來向命運屈服啦！（將左手握拳用力向天空一擊）真不簡單咧，我也來完成了大專的求學過程，然後，從事了運輸業，每天都在日作夜拼，汗流雜滴，吃苦好像在吃補咧，這麼兩年了後，我就買了自己的「拖拉庫」，刊報紙找兩個司機來幫忙，我自己作頭家兼捆工。

　　（戀瑩一邊作捆綁箱子的動作，從台中央將箱子搬到舞台左邊，一邊作擦汗的動作，如此來回兩次後，定位在舞台的左邊。）

戀瑩　　　在八年前的一個早上（國平和家興飾演作戀瑩助手的司機乙和阿輝，從舞台後方分別走向戀瑩的左右兩邊，司機乙作手握方向盤的開車動作，三人肩並肩，彷彿擠在一輛卡車的前座上），我的車，從蘇澳要回來台北的途中，阿輝和這個司機不知在想什麼，突然間（三人作車子突然緊急剎車的虛擬動作，一起往前快速跑一步又向前傾，並一起發出驚叫「啊！」）車子衝到

對面的電火桿（三人又一起作車子向右轉的動作，快速往右移一步及往右倒），啊！又衝到右邊撞到兩支電火桿（三人作車子向左急轉的動作，快速往左移一步及往左倒，並又一起發出一聲驚呼「啊！」），車子從公路上衝下去，好像往山下摔落去（三人作往下掉的動作，三人的身體全都立刻坐直後仰，雙手往前推，面帶驚恐表情，最後又大叫一聲「啊！」接著三人分散摔倒在地，摔往不同的兩個方向，戀瑩一個人摔到右舞台，司機乙和阿輝摔到左中舞台），當時的感覺是頭殼一直冒火金菇、火金菇，車子也一直沉下去、沉下去（戀瑩在地上作雙手掙扎著要站起來的動作，但爬不起來），我摸到草，還有水及爛土（雙手作摸到這些東西的動作，並作撥開重重障礙努力要爬出來的動作），不行，我不能死，我一直拼命要爬起來，爬起來（掙扎著兩次爬起來，最後終於站了起來），總算讓我爬起來了，我喘一大口氣，才想起沒看到阿輝伊倆個（焦急從右舞台往左舞台去找他們，邊跑邊大聲喊著他們的名字），阿輝，阿輝，你在佇位？你在佇位？你有按怎麼？你有按怎麼？

阿輝　　（和司機乙悠閒地坐在舞台右方的地上抽煙，輕蔑地說）你是在喊啥？大聲小聲，車子才掉落去田溝而已，你是在驚啥？

（戀瑩聽到他的聲音，高興又急忙地走向他們。）

司機乙　　　青盲仔就是安呢啦！驚死驚命，才破皮而已，還沒
　　　　　　死啦！

（兩人搖頭冷笑幾聲，繼續抽煙，還是不理戀瑩，自顧自閒談起
來。）

戀瑩　　　　（黯然轉身走向下舞台，面對觀眾）聽到他們對我的態
　　　　　　度，予我暗暗的在想，敢是我作人失敗？值得檢
　　　　　　討？還是他們對視障者的想法和看法都是那麼不同
　　　　　　款？到現在，我也還是想不通。

（戀瑩身上的光漸漸暗去，在黑暗中退到大幕前的定位，所有演員轉身
背對觀眾，此時家興則緩緩走向前方，頭和下巴微微上揚，開始訴說他
的故事。）

第七場：三隻毛毛蟲

家興　　　　聽了他們的故事，讓我想起，我也是從家人的鼓勵
　　　　　　下，樂觀地面對挫折，勇敢地走了出來。我相信，
　　　　　　沒有任何一個人能夠真正的感受到一夜間，從五彩
　　　　　　繽紛的世界（雙手張開至身體兩旁），跌落到那黑暗
　　　　　　谷底的滋味（兩手頹然重重垂下），要我承認我的眼
　　　　　　睛看不見，實在是很困難，要我的家人承認我的眼
　　　　　　睛再也看不見，那實在是更困難（聲音變大變急），
　　　　　　可是，他們仍然牽著我，就這樣一路走來。

（說完轉身往舞台後方走，作不小心摔倒在地的動作。）

家興　　　　（驚叫一聲）啊……

（國平飾演家興的父親，從椅子上站起來，生氣地用台語指責）

爸爸　　　　是啥人給椅仔拖去那，我不是說過，厝裡面的桌
　　　　　　仔、椅仔都不行稱采移動，若是有移動，一定先給
　　　　　　我說，是啥人給椅仔拖去那裡，是啥?!

（倪妮飾演家興的妹妹，從舞台左後方急急走來，惶恐地說）

妹妹　　　　阿爸……是我啦，我不是故意的啦！

爸爸　　　　（依然憤怒地說）你這個人那會這麼自私，一點都未
　　　　　　替妳阿兄想，妳另天若是又再這樣，莫怪阿爸無情
　　　　　　給妳教訓。

妹妹	（往家興走去賠禮，邊蹲下邊扶家興站起來邊說）失禮啦！阿兄，我不是故意的啦！我扶你起來。
家興	（溫和地）妹，沒要緊，往那裡跌倒，就要往那裡站起來（握一下妹妹的手，就往前走，停在舞台前緣）。我一直這樣地告訴自己，於是，我來到了新莊盲人重建院，重新出發。既然，現在已經是一個盲人了，我想，我應該要學習在盲人的世界裡如何地生活，我在盲人重建院裡，很出名，很紅喔！（很開心地露出得意的笑容）在學校裡，我參加了許多的競賽和表演，可是，我一直（靦腆地抓頭）不好意思告訴我的家人，說也奇怪，我那老爸也非常厲害，每次他都查出我表演或比賽的時間和地方，然後背著他那一台心愛的V8。

（此時爸爸起身離開舞台後方的座位，用兩手作出拿錄影機背在肩上拍攝的動作，左手對焦，右手扶機器，以家興為焦點，往自己的兩邊緩慢地移動又往左邊走回他的椅子區，邊走邊說）

爸爸	（興高采烈地）這是民國八十四年二月二十五號，我的寶貝兒子，家興，在新莊藝術中心，參加相聲表演的全程實況轉播。
家興	林家興下台一鞠躬。

（家興向觀眾深深一鞠躬，後面背台聆聽的演員此時全都轉身面對觀眾，給家興報以熱烈的掌聲。）

爸爸 　　　（與有榮焉地說）這是那時候我用V8拍下來的畫面哦！這不是我林阿舍在這在臭彈得落下頜，我的寶貝孩仔，家興，雖然眼睛看沒，這隻不知猴，還有夠厲害，參加相聲比賽，講什麼……什麼……三隻毛毛蟲排成一直線，看那一隻毛毛蟲有生癬沒（說完後自己樂得哈哈大笑）哈哈哈！你們看，這是我特別為他準備的V8畫面，嘿……（手摸下巴自鳴得意狀）我自己是越看越好看，各位觀眾朋友們，好看還是不好看？若是好看，請拍掌仔，鼓勵鼓勵（舞台後方的演員又熱情一致地大聲鼓掌），謝謝！

（向觀眾揮手答謝後，退回中後舞台的椅子上坐下。）

家興 　　　（在舞台前緣轉身面對觀眾站定說）這是曾經鼓勵我重新出發的阿爸，雖然他已經不在人間了，但每當我表演的時候，我就感覺到他在我身邊，被我的笑話逗笑，為我感到驕傲，他的話會永遠迴響在我耳邊，因為有他一路的樂天支持，才有現在你們所看到的這個樂觀進取的我。

（家興身上的光漸漸變暗，家興轉身往舞台右後方走，隱入黑暗。）

（國平區域的光漸漸亮起，國平戴著黑色墨鏡從椅子上站起來，緩緩前行，光也隨著他緩緩前行，最後停在舞台中央的圓形光區中，面對觀眾開始娓娓訴說。）

第八場：浪子的心情

國平 聽了他們的心路歷程，不禁讓我分外愧疚，因為昨日的我和他們完全不同，曾幾何時，我誤入歧途（此時舞台後方亮起如夜總會一般的彩色球形閃光燈灑滿整個舞台上，頓時，舞台的大幕和地面都閃爍旋轉著舞會的七彩燈光），好像是很多年前的事了，我踏上了那條人生的不歸路，如今的我，想回頭，也無法挽回我的雙目。（摘下墨鏡，觀眾才看到他帶著傷痕失明的眼睛，所有舞台後方聆聽的演員都一起蹲下，國平沉默了一會兒，才又將墨鏡戴上。）既然選擇做一個在道上的江湖浪子（所有在舞台後方的演員都快速整齊地站起來，將右腳向前踏出一步，發出一聲大聲的踏地「碰」聲，同時，一致地將右手大拇指豎起，往右前方用力伸出，宛如國平的黑道兄弟一般），每個兄弟都非常清楚，冤冤相報的道理（每位演員都挺起胸膛手叉腰微微抬頭作出爭勝鬥勇的姿勢），流血事件的衝突（所有的演員兩個兩個一組，伸出雙手抓住對手，一誠、倪妮一組，懋瑩、珮琦一組，家興、懋漳一組，互相作出格鬥的姿勢，分別抓住對方的脖子、腰及手臂，口中發出「嘿」一聲使力的聲音，定格停住），誰也不

知會在何時……，不怕死的心態，就像一群兇猛的老虎（所有的格鬥演員此時同時發出「哈」的一聲吆喝，每組一人作出拳攻擊對方的動作，每組都攻擊對方一種不同的身體部位，胸部、鼠蹊部、腿部，抓住定位後，再定格停住）。年少的我，十足就是個叛逆的浪子，不喜歡讀書，又不肯努力上進，整天只會吃喝玩樂，四處遊蕩、漂泊，覺得這樣才叫作體會生命的真正滋味。（此時演員從定格姿勢中放鬆，紛紛走向彼此，一誠、倪妮與戀漳三人一組，珮琦、家興與戀瑩一組，圍聚成一圈，勾肩搭背，發出互相吆喝招呼聲：「來，來，來，擱來去迌迌啦，來去唱卡拉 OK，好末？好啊！好啊！」說完後紛紛席地而坐，圍成兩圈，作拿麥克風唱歌、敬酒、吃東西、划酒拳、談笑的動作。）沒想到，這正是我眼明時代，最後一幕的畫面（所有的動作戛然停止，彷彿一張靜止的照片），我在一間卡拉OK店，跟一群哥兒們喝酒（說完話就轉身往右邊珮琦、家興、戀瑩這一組人走去加入他們的同時，他們又開始繼續談笑和喝酒的動作，國平又轉身走向觀眾，說）而那一天，我真的好累、好累，又喝了很多很多酒，那一夜，我真的喝醉了，還記得在臨走之前……

（舞台左邊的演員此時全部放鬆，就地坐下，安靜聆聽，國平作出

酒醉走路不穩的動作，家興飾演國平的朋友大塊仔，懋漳飾演另一個朋友黑豬仔，兩人見狀聞聲趕忙起身從兩邊攙扶著國平前行。）

國平　　　（含混地用台語說）大塊仔！

大塊仔　　唉，萬事給你拜託啦！（拍國平的肩膀）

國平　　　（搖搖晃晃地）好，你放心……這幾個我會安排來我公司。

大塊仔　　（也有幾分醉意，兩人走路都一起東搖西晃）好……好啦……希望你能好好照顧。

國平　　　（豪爽地拍胸脯說）那有什麼問題呢，安啦！對啦……我的電話，你敢會記得？

大塊仔　　當然啦……唉……那不……你擱給我講一遍啦！

國平　　　（兩人邊走邊搖晃得太厲害，國平停下來甩頭強作清醒地說）3939889轉202。

大塊仔　　3939889，好像不是呢，你換電話哦？

國平　　　啊，沒不對啦，你明天早上跟我連絡，要會記得哦……多謝啦，你介紹這幾個都包在我身上，我絕對不會虧待他們！安啦！（揮揮手跟大塊仔道別）

大塊仔　　好啦，你順走哦。（揮手告別轉身退回舞台定位，就地坐下，安靜聆聽。）

國平　　　（回身向飾演黑豬仔的懋漳喊）黑豬仔，我現在要回去台北啊啦，來走哦！

　　（黑豬仔也有些跟蹌地走出來，拉住國平的手，兩人一起作開車

門，坐進車子裡的動作，懋漳作出手握方向盤開車的動作。）

國平　　　　（含糊不清地）黑豬仔，我很累，吃酒醉啊啦，你慢
　　　　　　慢啊開就好，我先好好啊睏一下。（頭歪一邊，作睡
　　　　　　覺狀）

黑豬仔　　　OK……沒問題！（打了一個酒嗝）

（國平跳出變成敘述的口氣）

國平　　　　上車沒多久，我就睡著了。

（國平頭歪一邊，又作睡覺狀，黑豬仔繼續作開車的動作，車子加
速的音效聲進，接著一聲緊急刹車的「嘰」聲急急地切進，黑豬仔和國
平身體劇烈前傾，並發出一聲慘叫，「啊！」疊合著音效撞車的巨響
「碰！」一聲，兩人應聲作往兩邊摔倒在地的動作，救護車的音效聲由
遠而近，越來越大聲，舞台上閃著紅色的光，照著倒臥在地的國平和黑
豬仔，上舞台的演員皆安靜地坐定凝聽，救護車的音效聲又由近而轉
遠，紅色燈光隱去，舞台前區的燈光轉成微藍，在微藍燈光下，國平突
然驚醒地從地上坐起。）

國平　　　　（驚慌地吶喊）我怎麼會在醫院？我的眼睛……黑豬
　　　　　　仔！黑豬仔！我怎麼什麼都看不見了？……

　　　　　　（痛苦失措地搗住雙眼低泣，靜默了好一會兒，才轉為
　　　　　　平靜的敘述口吻）

　　　　　　因為，我們發生了車禍，而我租來的那輛車子，也
　　　　　　撞的全都稀爛。

懋漳　　　　（也緩緩地坐起來同情地說）國平的眼睛本來是不會

全盲的，完全是因爲延遲急救的關係。

（燈光由微藍漸漸轉成昏黃）

國平　　　聽朋友和家人說，我是在淡水「海中天」斜對面發生車禍的，從淡水馬偕再把我轉送到北市馬偕，北市馬偕又再把我轉送到林口的長庚醫院，我好像是一個人家不要收留的棄嬰，坐在救護車上就這樣被送來送去，轉來轉去。

（雙手作手捧東西轉送至右、至左，又沮喪放下的動作，接著緩緩地由懋漳攙扶站起身來，懋漳旋即轉身緩緩向舞台後方定位區走去，到定位後翻身停住就地坐下，安靜聆聽，國平獨自一人持續地面對觀眾，追憶著這段往事。）

這是我人生中最漫長的一個旅程，也是黑暗與光明重要的關鍵，然而，車窗無情的碎片，慢慢的，漸漸的刺傷、割裂我脆弱的視網膜，從此，也注定我這一輩子要在黑暗中度過（感慨地拿下眼鏡），當時我眞的很後悔，如果知道會發生這場車禍，如果知道我會變成一個視障者，如果……唉……有太多太多的如果，但也都無法挽回這個事實。（將墨鏡用雙手緩緩地架上自己的鼻樑，回身往舞台左方的椅子走去，摸索到椅子後，緩緩坐下，兩手放在大腿下，身體微微前傾，雙肩微聳，面對觀眾感慨地說）青春的歲

月，正當我雙十年華，我卻不知珍惜、自重、自愛，來看這個美好的、五彩繽紛的世界，卻把最後的機會給予了燈紅酒綠、酒池肉林，我真的很後悔（右手握拳用力地捶打自己的腿），我真的好悔恨，未來的歲月還那麼漫長，我該何去何從？（搖頭嘆息，左手抱住額頭）天啊，告訴我，我該怎麼辦？天啊，我真的什麼都看不到了，我真的什麼都再也看不到了（忍不住站起來對天吶喊，之後則感傷地以嚮往的口吻悠悠地說）阿里山的日出，陽明山的夜景，淡水的暮色……

（說完國平身上的燈光漸漸暗去，國平黯然轉身坐回椅子上。）

第九場：彈塗魚

(燈暗中，舞台後方的演員紛紛起身，國平也站起身來，開始作虛擬踢毽子動作，往前行，分別聚成各個小組，大家都飾演倪妮的小學同學，家興、懋漳在舞台右邊玩跳繩，一誠、珮琦、懋瑩在左後方玩抓人，在倪妮從舞台中央羞怯閃避地走出來時，國平一聽到腳步聲，就拍手大叫「彈塗魚來囉！彈塗魚來囉！」接著大家就靠近倪妮身邊一起拍手大叫，邊拍邊帶著嘲笑對著倪妮大聲喊叫：「彈塗魚！彈塗魚！眼睛凸凸的彈塗魚！哈哈哈，彈塗魚來囉！」倪妮一往左邊走去就被同學包圍，往右邊走去也被包圍住，最後只好用手撥開人群，手臂摀住眼睛，帶著嗚咽的哭聲衝向舞台右邊下場，人群才一哄而散，回復到各人上舞台聆聽的定位，每個人都將雙臂抱在胸前，頭微微後仰，下巴抬高，在定位上作出同學輕視嘲笑倪妮的定格姿勢，倪妮從右邊重新出場，低頭黯然地穿過定格的嘲笑同學們，走至舞台中央，喃喃地面對觀眾，開始自訴。)

倪妮　　　　在我出生四個月以後，爸媽就發現我的眼睛有異樣，後來等我稍微長大了以後，詢問了醫生，才發現我是有先天性白內障。後來也動了手術，在小學的時候，就戴上凸透鏡的眼鏡，使我的眼睛看起來特別的「凸」。就這樣，被同學取了「彈塗魚」的

綽號，因為彈塗魚的眼睛特別「凸」……可是難道我的白內障也是一種罪惡嗎？連老師對我的特別關心，竟然也造成同學們的嫉妒。（無奈地說）多年來，就這樣一直被同學們冷嘲熱諷著。（嘆了口氣）唉，這都是發生在我小學和國中的故事。後來我學了鋼琴，在高中畢業以後，我也進入了新莊盲人重建院，開始學習鋼琴調音。（慢慢愉快地走向舞台右邊的鋼琴，一邊說一邊輕撫著鋼琴的琴蓋，打開鋼琴，輕輕地試調了幾個音後，將琴蓋闔上，左手仍輕放在琴蓋上，側身將頭轉向觀眾，愉快而自信地說）畢業之後，我和朋友合夥，從事中古鋼琴的買賣，同時也開設音樂班，教授鋼琴。

（此時喬治‧溫斯頓溫暖的鋼琴聲悠揚響起，倪妮隨著琴聲緩緩前行，站定面對觀眾，面帶微笑，侃侃而談）我時常去客戶家調音，大部分客戶都很肯定我的專業能力，讓我有信心走這條路，吃這行飯。而還是有些客戶卻不怎麼相信我。記得有一次（此時飾演客戶的家興從舞台右後方走向鋼琴，停在鋼琴前面），我去客戶家調音。

（倪妮說完就右轉大步走向客戶打招呼）

倪妮　　　（微微領首）你好，我是調音師。

（客戶此時不斷的上下打量著倪妮，然後又一邊小心翼翼地看看鋼

琴，又躊躇的看看倪妮，接著忍不住很不屑地說）

客戶	小姐，你確定你可以哦，這可是幾十萬的歐洲名琴耶，你一定要小心一點……你眼睛好像……
倪妮	（微笑地打斷他的話）先生你放心，如果我沒有這個能力，我就不會吃這行飯了。（向他微微欠身，越過他前面，逕自走向鋼琴，打開琴蓋，嫻熟、輕巧又仔細地彈奏並開始進行調音，一邊說著）先生，這部琴你大概很久沒有調音了吧……差不多快兩年了，是嗎？
客戶	（略顯驚訝後不好意思地說）嘿嘿，是啊……
倪妮	（繼續熟練敏捷地調著音，邊說道）我會把它調整成原本的名琴音色的。（接著倪妮就專心調著音，又過了一會兒，調好了音）先生，已經調好了，你來試試看。
客戶	（客戶試彈了一下，高興地讚美道）哇，調的真好，又快又好，而且音很準！（不好意思起來）小姐，對不起，剛剛我……
倪妮	（淡淡地打斷）沒關係，你不要放在心上，以後如果有需要，你再找我就好了，再見。（說完遞上名片，飄然往舞台後方離去，留下愣住的客戶，半晌才望著她的背影邊揮手邊說道）
客戶	謝謝你，小姐……慢走啊！（緩緩把手放下，若有所

思地看手中的名片，將名片收到褲袋裡，轉身走向舞台右後方的定位，此時鋼琴區的燈光漸暗，轉移到舞台後方中央的倪妮。）

倪妮　　（緩緩往前走去，在中央站定位，面對觀眾笑容燦爛又深情款款地說）鋼琴是我最好的朋友，每當我遇到挫折或沮喪的時候，我就會想到鋼琴（喬治・溫斯頓「夏天」的輕快溫柔鋼琴聲輕輕響起，倪妮在鋼琴聲中邊說邊走向舞台右邊烏黑發亮的鋼琴旁），而當我歡喜、開心的時候，也會想找它來「彈一彈」（談一談）。

第十場：走出孤獨

（倪妮說完很自然而有感情地坐到鋼琴前面，打開鋼琴，喬治·溫斯頓「夏天」音樂漸漸收小，倪妮的手指優雅輕靈地彈起曹松章所唱的名曲「走出孤獨」的前奏，旋律中內蘊的淡淡憂傷，甜美悠揚，倪妮的身體也隨著音樂輕輕搖晃，此時所有在上舞台貼近大幕的演員都緩緩往前，前進一步或兩步停住，在舞台上形成一個半圓弧形，聆聽著也歌唱著。）

懋漳　　　（往前走一步唱歌，並舉起右手停在右上身側）孤獨的
　　　　　路，何時能停止？（邊唱邊舉起左手至左上身側，兩
　　　　　手再一起放下）

一誠　　　（往前走一步唱歌，並舉起右手停在右上身側）封閉的
　　　　　心，向誰傾訴？（邊唱邊舉起左手至左上身側，兩手
　　　　　再一起放下）

家興　　　（往前走一步唱歌，並舉起右手停在右上身側）年少的
　　　　　腳步，該走向何處？（邊唱邊舉起左手至左上身側，
　　　　　兩手再一起放下）

懋瑩　　　（往前走一步唱歌，並舉起右手停在右上身側）靈魂的
　　　　　圍牆，如何消除？（邊唱邊舉起左手至左上身側，兩
　　　　　手再一起放下）

（所有的人一起合唱，並在唱下面歌詞時一起動作。）

合唱　　　　　期待一個陽光燦爛的日子（配合著歌曲節拍，所有人
　　　　　　　用右手緩緩在右側繞一大環後，手停在大腿側，所有人
　　　　　　　配合著歌曲節拍用左手在左側繞一大環後，手停在大腿
　　　　　　　側），奔向草原與蝴蝶共舞。期待一個陽光燦爛的日
　　　　　　　子（隨著節拍，所有人用雙手在上身前面從頭上開始往
　　　　　　　左右兩側畫一大圓弧，雙手又停在兩腿外側），開啓心
　　　　　　　扉迎接快樂的天使（隨著節拍，所有人雙手在身前從
　　　　　　　頭上開始往左右兩側畫大圓弧後，兩手交疊，停在胸
　　　　　　　前）。讓歡笑和愛隨風散佈（唱這一句時隨著節拍，先
　　　　　　　伸出左手，再伸出右手，同時所有人都排成一橫列），
　　　　　　　在每一個悲傷的地方停駐（每個人的雙手都牽住左右
　　　　　　　兩旁同伴的手，身體開始隨著節奏，一起和著歌聲，從
　　　　　　　左到右一齊輕輕地左右搖擺著），讓歡笑和愛隨風散佈
　　　　　　　（所有人一邊微笑，一邊左右搖擺，一邊往前靠近觀眾）
　　　　　　　在每一個悲傷的地方停駐。

（和觀眾越來越近，所有人停在舞台的台緣，牽著手一起向觀眾深深鞠
躬行禮，倪妮的鋼琴伴奏尾聲漸弱至無，加入其他人向觀眾行禮，大幕
緩緩從兩邊闔上。）

斑衣吹笛人・越夜越美麗

首演資料

新寶島視障者藝團策畫、製作

2000年12月2日首演於台北市政府二樓大禮堂

團長／製作人：陳國平

節目介紹人：張琪

藝術總監／編劇：王婉容

故事提供者：全體演員

導演／舞台設計／音樂設計：鄒弘琳

服裝設計：鄒弘琳、吳季娟

燈光設計：趙君誠

化裝設計及執行：涂惠珍、涂知尉

舞台監督／排演助理：吳季娟

執行製作：陳淑貞、吳季娟

道具管理：陳淑貞、蔡明清、林家興

道具執行：陳仙女、陳柏璇、鄒逸真

燈光音響執行：強笙燈光音響工程公司及趙君誠

感謝　內政部‧台北市政府勞工局‧社會局‧聯維有線電視公司

主要演員及角色

劉懋漳── 飾演懋漳

陳仙女── 飾演仙女、路人甲、令功的朋友A、學員A

孟令功── 飾演令功

鄭秀英── 飾演秀英、張小姐

陳玉美── 飾演玉美、珠英

陳美連── 飾演美連、路人乙

劉懋瑩── 飾演懋瑩

臧利利── 飾演利利、路人丙

陳國平── 飾演國平

陳一誠── 飾演斑衣吹笛人

陳柏璇── 飾演公車乘客甲、等公車小妹、路人丁、懋漳的同事

鄒逸真── 飾演公車乘客乙、令功的朋友B、學員B

陳承川── 飾演張小姐的客人、懋漳的老闆、Koyosan校長、廚師訓練班的
　　　　　老師

黃日泰── 飾演公車司機甲、公車司機乙、獅子會會員、盲人福利協進會老
　　　　　師、珠英的科長

序場：刺激的「香蕉船」

（充滿熱帶風情、輕鬆俏皮的南洋音樂響起，隨著音樂的節奏，舞台右邊的令功、美連、玉美、秀英，及舞台左邊的懋漳、仙女、懋瑩、利利穿著五顏六色鮮艷的渡假襯衫，各成一隊，他們搭著前面人的肩膀，腳踩著合節拍的舞步，從左右兩邊一起搖擺著身體愉快地進場，兩組人馬在舞台中央交錯後，一起作乘坐「香蕉船」的動作，一起加速前進，分別往右前方及左前方奔馳後，作跌落海中，散亂摔倒在地的動作，大家驚慌尖叫又笑著說：「好好玩，好刺激，嚇死了，再玩一次！」接著大家又再作同樣的加速動作，又再次摔倒在地，大家興奮得又叫又笑地攙扶彼此爬起來後，繼續隨著音樂搖擺舞蹈，此時懋漳出列，走向台中央，面對觀眾，很有精神地說）

懋漳　　　這是一個視障機構舉辦的印尼太陽島之旅，其中最刺激的一個活動——「香蕉船」，我們每個人都穿著救生衣，坐在小香蕉船上（後一排演員以令功為首，右轉成一縱隊，後面的人伸手搭住前面人的肩膀，作乘坐香蕉船的動作），前面大船繩子拉動著香蕉船（後面的縱隊開始從後方往前進，轉一小圈往舞台右邊前進），出了外海後，會突然加速前進（隊伍也突然一起快步向前疾衝），急速向左（所有人往左傾）、向

右（所有人往右傾），拉高繩子（所有人腳站高起來尖叫），在香蕉船上無法預料何時會被拋入大海。（這時所有人突然又尖叫起來，一起摔倒在地，叫彼此的名字，掙扎著爬起來抓住彼此的手。）我們每一個人都毫不例外地被拋入海裡驚恐掙扎，患難與共的感覺是平日所無法體會（所有人又拉著手再度排成一隊，搭起彼此的肩膀，再繼續一起前進），雖然在過程中感到很緊張，很恐怖，卻又希望多翻幾次⋯⋯

（繼續前進一起忽上忽下的隊伍中傳出：「對啊，多翻幾次，再玩一次好不好？」「好啊！」說完大家又加速前進，懋漳這次也轉身加入了香蕉船的隊伍，斑衣吹笛人也微笑著從舞台左邊上場，站定傾聽他們，熱帶風情的音樂又起，所有人再一起跟著音樂舞動，愉快地跟觀眾揮手說bye-bye，從舞台右邊下場，吹笛人在音樂聲漸漸變小時，轉身面對觀眾，他身著褐色的帶鬚布帽，褐色的寬鬆短衣，腰繫咖啡色繩帶，神色自若，笑吟吟地對觀眾說）

吹笛人　　　各位聽眾朋友大家好，剛才你所收聽的是「斑衣吹笛人，越夜越美麗」，香蕉船的故事，你是不是也很想坐一坐香蕉船，體驗一下被摔到海裡的滋味呢？（微笑）摔到海裡穿著救生衣是還好，不會危險，但是萬一你又看不見，那才真的更刺激呢！我

們視力挑戰者的生活，每天就都是充滿了不同的挑戰，就像坐著香蕉船一樣刺激哦！有時候掉到海裡，不但沒有人來救你，還有人會笑你呢！

（後台眾人訕笑的聲音傳進，吹笛人往右後方退，聆聽以下的故事。）

第一場：山窮水盡疑無路

（舞台左邊走出挂著雨傘當拐杖，戴著重度眼鏡，緩慢遲疑地往右方前進，準備要去坐公車的美連。）

　　　　（美連在舞台中央偏左處停住，作看公車站牌的動作。）

美連　　　　（將眼鏡提起仔細看站牌後，喃喃自語地嘟噥）還是看
　　　　　　不太清楚……（踱步到舞台中間再回站牌區，低頭把
　　　　　　左手的錶貼到離眼鏡很近的地方看）咦，怎麼這麼久
　　　　　　還不來？（說話時一邊焦急地向左方張望，此時公車
　　　　　　的音效聲進，由遠而近，由小而大，美連趕忙揮手，公
　　　　　　車卻停也不停地走遠，音效聲也漸遠，美連懊惱地說）
　　　　　　唉呀，又跑掉了！

　　　　（接著公車音效又進，美連趕忙一邊拼命揮手一邊追公車，此時扮
　　演公車司機甲的日泰，穿著白襯衫藍西褲，作開公車握方向盤的駕駛動
　　作，後面跟著扮演乘客的逸真，穿著輕便的休閒服，背著背包，拿著椅
　　子，作握住公車吊環的動作，兩人從舞台右邊上場，搖晃前進作著乘坐
　　公車的動作，兩人隨著停車的音效聲，停在左邊。逸真將椅子放在司機
　　甲後方，美連終於追到公車，美連作扶把手上公車的動作，拿出口袋裡
　　的殘障車票交給司機甲。）

司機甲　　　（看一看美連，拍拍她的手，譏諷地用台語說）哪有這

呢少年的老人啦？

美連　　　　（解釋地）我不是用老人卡，我是用殘障卡。

司機甲　　　（嘲笑地）哪裡殘哪裡障啊？

美連　　　　（正色地）先生，我視力不好……

司機甲　　　殘障手冊呢？

美連　　　　在這裡。

　　　　　　（很快地拿出手冊給司機甲看，司機甲稍看一眼就粗魯
　　　　　　地撥開她的手）

司機甲　　　（輕蔑地）視力不好就不要常跑出來，還坐什麼公
　　　　　　車！

　　　　　　（說完就立刻啓動車子離開，此時後面的乘客立刻走向
　　　　　　美連，攙扶美連坐下。）

乘客　　　　那麼兇幹嘛？（對美連）來，來這邊坐。

　　（三人往左邊前行下場，同時，秀英從舞台左邊持盲用手杖緩緩走
入舞台中央，作不小心撞到路上東西摔跤的動作，跌坐在地，扮演路人
甲的仙女，跟在後面埋頭疾行，見狀不但繼續前行不扶她，還回頭譏笑
地說）

路人甲　　　唉喲，青盲還不認份，走路這麼不小心，乾脆給車
　　　　　　仔撞死煞煞去。

　　（此時玉美拿著雨傘從舞台右邊緩步迎面走來，又撞到急急往前走
的路人甲。）

路人甲　　　（痛得大叫，生氣地說）哎喲，妳這個人怎會這莽

撞，沒下雨還拿雨傘給人撞，妳是青盲哦！

玉美　　　（氣結）你……你……你才是青盲，你沒看到我青盲哦！

路人甲　　（舉起右手在玉美面前揮了三下，玉美都沒反應，才發現她真的看不見，才很抱歉地說）妳……妳……妳看沒喔！失禮啦！我沒看到！失禮啦！

　　　　　（尷尬地往左方快步下場，此時玉美也無奈地邊搖頭邊往右方下場。）

（愉快的音樂滑入，柏璇扮演公車乘客從舞台左邊哼著歌輕快地進場，懋漳則從右邊慢慢地走向舞台中央，兩人都作等公車狀。）

懋漳　　　（禮貌地）小姐，請問妳在等公車嗎？

乘客甲　　是啊！

懋漳　　　可不可以麻煩妳，公車來的時候叫我一聲？

乘客甲　　好啊！

　　　　　（公車駛近的音效進，扮演公車司機乙的日泰作開車動作，和拿著椅子扮演公車乘客的逸真，從舞台右邊前行到舞台中間停住。）

乘客甲　　車來了！

懋漳　　　謝謝！

　　　　　（兩人隨即作上車動作，接著乘客甲扶懋漳坐在司機乙後面的椅子上邊說）

乘客甲	來，這裡有位子。
懋漳	（感激地）謝謝你哦！
懋漳	（坐定後對司機說）司機先生，麻煩你在仁愛里叫我一下，謝謝。
司機乙	好，沒問題。

（公車行駛音效進，一行人作在公車行進中，身體隨車子輕輕左右搖晃的動作，往左邊行駛，繞一圈再往舞台右邊行去。）

懋漳	（問司機乙）先生，請問仁愛里到了嗎？
司機乙	（打自己頭一下）哎呀，糟糕！我忘了叫你下車了！ （急忙作把車停住的動作，所有的乘客都作身體先向前傾，再向後傾的緊急刹車動作，司機乙隨即起身走到懋漳身邊，親自扶懋漳起來）來，來，來，我送你下車。
懋漳	（推辭地）沒關係，我自己來就好。
司機乙	（從口袋裡掏出錢來塞進懋漳手中）不行不行，我幫你叫車回家。 （攙扶懋漳走下車）
懋漳	（把錢還給司機乙）不用了，真的不用了。
司機乙	（把錢塞回去）這是應該的啦！你不收我會難過的。
懋漳	（只好收下，一邊下車一邊說）真是太麻煩你了！

（兩人從左邊下場，其他乘客也微笑著尾隨下場。）

（此時逸真扮等公車的小妹從舞台左邊背著書包，帶著一本書上場，停在舞台中央偏左處，一邊等公車一邊看書，令功從舞台左邊焦急苦惱地上場，也停在中央偏左處，一邊拼命推眼鏡想看清楚公車的號碼，一邊焦急地想找人幫他看一下，看到小妹，很高興地走近她說）

令功　　　　弟弟⋯⋯

小妹　　　　（立刻害怕地逃開並打斷他）我⋯⋯我不是弟弟⋯⋯

令功　　　　（急忙再往左走近她，發現她跑往右邊，跟到右邊繼續說）哦，對不起，妹妹，妳能不能⋯⋯

小妹　　　　（慌忙地跑走，邊跑邊搖手說）我⋯⋯我媽媽說⋯⋯不能跟陌生人講話。

　　　　　　（說完頭也不回地立刻向左邊跑下場）

令功　　　　喂！喂！

　　（令功痛苦又尷尬地轉身看看站牌，搖搖頭無奈地嘆了口氣，沮喪地往右邊下場，一直在右後方蹲著聽故事的吹笛人，此時站起來和令功交錯，走向舞台左前方，邊走邊說）

吹笛人　　　視力挑戰者的生活就是這樣驚險刺激的，（以下用台語）有時起，有時落，有時風，有時雨，有時也有好天氣，（以下國語）明眼人常常分辨不出我們，以為只有戴墨鏡、拿手杖的才是盲人，其實視力挑戰者就是視障者，我不喜歡別人叫我視障，因為我們眼睛的毛病不應該被看成是一種障礙，應該被視

爲是一種挑戰！（越説越激昂）你們説是不是？有非常艱難的挑戰，就有非常精采的人生！所以，不是障礙哦！是一種挑戰！（激動得把右手舉得高高地，像在呼口號，察覺到自己似乎太激動了，不好意思地笑著説）對不起！對不起！怎麼覺得像在呼口號一樣，對不起，對不起。其實視力挑戰者真的有很多種，有先天盲、後天盲，還有不同程度的弱視，其中弱視的人，由於不戴墨鏡，又不拿手杖，只戴著深度的近視眼鏡，所以常常遭到誤解，或是不公平的嘲笑和謾罵，所以下次如果你在路上被人撞到的時候，千萬不要一開口就罵人青盲哦！因爲那個人可能真的看不見！碰到問路的，也可以多發揮一些同胞愛，因爲那個人可能真的看不清楚！視力挑戰者可能就在你身邊，因爲找不到對的公車站牌而深深地困擾著呢！然而，另一方面，也由於我們特殊的感知方式，讓我們在路上「感覺到」的風景，也和明眼人大不相同……接下來，就讓我們來聽一個關於視力挑戰者怎麼認路上班的故事。

（吹笛人又轉身走向右後方，站定聆聽。）

第二場：柳暗花明又一村

（此時，鐵琴清新純淨的音樂聲輕脆地響起，懋漳獨自一個人，手持盲用手杖，從舞台右邊緩步走來，邊走邊愉悅地說）

懋漳　　　我喜歡一個人走在熟悉的路上去上班（停在舞台中央偏左處），今天天氣很不錯，沒有下雨，出了家門（開始往舞台右邊徐行），街道左轉，迎面有一陣風吹來（微風音效聲進），覺得很涼爽；往十一點鐘的方向（邊說邊走），我繼續前進，聽到有摩托車從右後方漸行漸近的聲音，（身體一邊立刻往左靠，一邊說）我要往左邊人行道靠一點，免得被擦撞到……（車聲音效進，「叭！叭！叭！」）咦，有三台汽車從後方開過來了，我要再靠左。（身體又再更往左移動兩步，接著忽然聞到一股香味，作深呼吸聞味道的動作，之後面對觀眾微笑說道）嗯，好香哦，是早餐店到了，早餐店的燒餅油條，熟悉的油香和餅香味，還有鬧哄哄的人聲，提醒我要右轉到下一條街了。（旋即右轉，小繞一圈，往舞台左邊前進，回頭說）明天再來吃我最愛吃的蛋餅和鹹豆漿吧！（繼續向舞台左邊前行）一直走下去的右手邊有一家神壇，（停

住腳步，作輕吸鼻子嗅聞味道的動作後，面對觀眾說）廟門前常會有燒紙錢的熱風和味道襲面而來，（又左右輕聞了一下）今天沒有燒紙錢，可是卻有檀香的香味緩緩地飄出來，讓人想到拜拜，也告訴我神壇到了。（轉身上路突然作驚訝停住腳步的動作）咦，奇怪！額前顏面神經好像感覺到前面有什麼東西？（用雙手伸出去觸摸，作碰到一大塊木板的動作，退後一步轉身面對觀眾）喔，我就知道，昨天沒有放在這裡啊！今天才突然多出這塊木板。（前進一步，往左方繞過虛擬的木板，持續向前，到舞台最左邊時即轉一圈，往舞台右邊前行）接著，十幾步就是一個下滑的斜坡（作下坡身體後傾前進的動作），再通過四級往上的石階（作上坡身體往前進的動作），我的公司就到了，玻璃面的大門就在這兒（伸出右手去作觸摸門面的動作，安靜聆聽四下的聲音），沒有什麼人聲，（面對觀眾）我通常都是第一個到公司上班的人，今天還是第一個。

（懋漳作推門的動作，從舞台右方退場，振奮昂揚的巴洛克音樂進，彷彿揭開一天工作的序幕，伴隨著吹笛人轉向懋漳，走向台中央的動作。）

吹笛人　　　　（對懋漳）祝你有個愉快的一天，懋漳大哥！（對觀眾）在工作的時候，視力挑戰者也會有很多不同的奇遇喔，現在就讓我們一起來聽聽看。

第三場：就是不服輸

（鋼琴的聲音漸漸地切入，有點抑鬱卻壯闊的拉赫曼尼諾夫鋼琴協奏曲響起，成為以下玉美飾演珠英時的背景音樂，珠英身著白襯衫，素色長裙，清麗地隨音樂從右方出場，走向舞台中央偏右處，停在那邊，作打開鋼琴蓋，手指流暢地試調琴音的動作。）

珠英　　　　（自信而認真的抬頭面對觀眾說）我從事的工作是鋼琴調音，已經作了七年了，每天我都要調十三部鋼琴，衣服流汗流到都能轉得出水來（忍不住比用雙手擰乾衣服的動作），吃住都是公司負責打點，可是吃得很不好，有時飯都是酸的，洗澡也沒有熱水，宿舍的蚊子很多，手一張開一捏（把右手五指張開，又立刻握緊，再打開來看），就可以捏到蚊子，剛開始我一個月的薪水是五千元，為了爭取更好的工作機會，改善我的生活，我想去考調音執照。

（珠英說完就往舞台左邊走來，此時日泰扮演的科長穿黃襯衫、藍西褲，一跛一跛地從左邊上場，作整理檔案和放檔案的動作。）

有一天，我到就業輔導中心，碰到一位科長，（客氣地對日泰微微欠身問道）科長，你好。

科長	（仍忙著手邊的檔案）什麼事啊！
珠英	我想報考調音執照，但是現在的考試方法不太適合視障者，是不是可以為視障者作一些調整？對我們會比較方便，也比較公平。
科長	（不耐煩地看看她後說）妳自己要想清楚，妳的眼睛不行，根本就不適合這種工作，就算是拿到這張紙，也只能去擦屁股。不要到這邊來把我們的考試方法弄得這麼複雜啦，好不好？（拍拍珠英的肩膀）就這樣子啦！我去忙啦！

（科長說完立刻轉身一跛一跛地往左邊下場，珠英舉起手來想叫住他也來不及，悻悻不平地轉向觀眾說）

珠英	後來，我才知道，這位科長他本人也是一位肢體殘障者，我們一樣是殘障朋友，為什麼還要互相欺負和鄙視呢？（搖頭嘆息後又抬頭繼續說）後來，我還是到了另一個城市考取了調音執照，我還兼作樂器演奏，我是Keyboard手，有一次，我們要演奏一個很難的曲子去參加表演，我私底下拚命地加緊練習。

（鋼琴的琴音變大，不斷重複一段相同樂句的練習，珠英的手也作在琴鍵反覆飛舞練習的動作，此時逸真扮演的樂團團員穿紅色T恤，黑色褲子，嚼口香糖從舞台右邊上場，吊兒郎當的走到珠英身邊，看著她練習，珠英仍專心地一次又一次地練習著。）

團員　　　　　（非常不屑地嘲笑）哎喲，珠英啊！看看妳這程度哦，我看妳再花十年都練不出什麼東西來的啦，浪費時間！

（嗤之以鼻地從左方下場）

珠英　　　　　（吸一口氣後沒講話，一會兒才說）我當時並沒有在當場反駁他什麼，因為，我只想要用我的表現和實力來證明一切，（練習音效進，珠英更加投入地練習，音效漸隱，手指的動作停止，珠英抬頭露出喜悦的笑容說）終於，在第十一天的時候，我就把這個曲子練起來了，從此，我的演奏技巧得到更多的肯定，演出機會也跟著越來越多了，我已經沒有再和這個朋友合作了，下次當他再看到我的時候，相信我一定會比現在更進步了！

（珠英雙手開心地舉起來作勝利狀，吹笛人和後台的演員聽了，都一起為她鼓掌叫好，珠英對觀眾鞠躬後，在拉赫曼尼諾夫沉鬱雄渾的鋼琴協奏曲聲中，往左邊下場。）

第四場：沒天理的世界

（燈光轉換成換景的藍燈，此時換景的逸真和柏璇，抬著鋪著白床單的按摩床上場，將床定位在舞台中央後快速下場，鋼琴音樂漸收，換成放鬆的輕柔音樂作背景，舞台燈光隨著從右邊上場的秀英進場而變亮，秀英身著一襲醫護人員穿的白色外套，扮演在按摩院工作的張小姐，張小姐走向舞台中央的按摩床前，整理床單，門鈴的音效聲在此時響起。）

（音效聲急促地響著：叮咚！叮咚！叮咚！叮咚！）

張小姐　　　（從容和藹地問）要按摩是嗎？

（承川扮演客人，頭披散亂長髮，身著紫色襯衫，神色倉皇地從右方上場。）

客人　　　　（用台語回答）是啊！有人在這哦？

張小姐　　　（走向舞台左邊作開門動作，招呼客人進門）請進，在這裡。

客人　　　　（急忙逕自走進）謝謝。

　　　　　　（進屋之後，立刻走到舞台右邊神情不安地東張西望，看看有沒有其他人在場。）

張小姐　　　先生，麻煩請躺下側臥。（客人走到按摩床邊，側身躺在床上）謝謝啊！（開始一邊用雙手按摩，一邊和客人聊天）先生，您貴姓啊？那裡特別酸痛啊？

客人	（仍然束看西看）我姓王，全身都很疲累。妳貴姓？
張小姐	我姓張。
客人	我兩天都沒睡，全身軀攏足酸痛。
張小姐	（加緊爲客人按摩）這樣力道還可以嗎？
客人	很好。妳目睭攏完全看沒哦？

（客人拿手到張小姐前面偷偷揮了一揮，張小姐並沒有察覺。）

張小姐	是啊！從小就看不到。
客人	這樣很好……
張小姐	啊?!（困惑）
客人	我是說……這樣眞艱苦啦！
張小姐	哦，習慣就好了啦！
客人	（仍然不敢完全相信）那妳的目睭有光影和光覺沒？
張小姐	什麼都看不到啦！
客人	（放心地）眞的哦，眞正可憐哦！
	（隨即坐起身又跳下床來，到左邊東張西望，再走回來，翻開按摩床的床單查看下面，又躺回床上。）
張小姐	（繼續按摩）先生，你是在找什麼嗎？
客人	沒啦！落一項物件啦！啊……這裡……敢只有妳一個人哦？
張小姐	當然不只我一個啦！還有兩位男按摩師。
客人	那……他們人呢？
張小姐	（不疑有他地答道）一個去飯店幫客人按摩了，一個

　　　　　　出去辦事。

客人　　　喔，那等一下妳要吃晚餐怎麼辦呢？

張小姐　　傍晚六點的時候，自助餐店都會幫我們送飯。

客人　　　六點？（看錶）那……快到了！自助餐乾不乾淨啊？

張小姐　　乾淨，菜色多又很新鮮。

客人　　　那……那兩位男師傅什麼時候回來？

張小姐　　大概也差不多要到六點吧！

客人　　　你們生意好嗎？

張小姐　　三餐是沒問題，賺錢是沒有啦！這裡可以了嗎？麻
　　　　　煩你換邊。

　　（客人換一邊側躺，張小姐持續按摩著。）

客人　　　（語氣轉硬）這位小姐，妳一個在店裡敢未驚？

張小姐　　（害怕）你……你怎麼講這種話？

客人　　　我那會講這款話？（霍然翻身坐起，語氣轉成粗暴兇
　　　　　狠，並伸出手抓住張小姐的下巴）我今日來就是要給
　　　　　妳驚的！

張小姐　　（迅速把他的手撥開）我看不見，你不要亂來！

客人　　　臭查某，趕緊拿錢出來，那沒我就要給妳好看！
　　　　　（動手抓她）

張小姐　　（慌張得大叫）你再亂來，我要去報警！

　　（張小姐說完急忙往右方逃下場，客人緊追在後，兩人追跑下場
後，客人蠻橫地抵住張小姐的兩隻手在背後，再度押她進場，又粗暴地

推她一把，把張小姐推倒在按摩床角邊，張小姐嚇得忍不住哭出聲
來。）

客人　　　（威脅著說）青盲還敢搞怪！哭什麼，哭什小！（拍
　　　　　打床面逼迫她不准哭）趕緊將錢拿出來！（抓住她頭
　　　　　髮）

張小姐　　（害怕地跪在地上哀求他）先生，你行行好，放我一
　　　　　馬吧！

客人　　　少囉唆！

張小姐　　我每個月都要寄錢回家！

客人　　　（失去耐性地拿出刀子，一手抵住張小姐的脖子，一手
　　　　　抓住她的手臂要脅她）妳爸才不會聽妳在哭悲哀，妳
　　　　　若是不拿錢出來，莫怪我刀子無情，白刀子進、紅
　　　　　刀子出！拿出來！拿出來！

　　（張小姐經不起一再地威脅，才很委屈又害怕地拿出口袋裡的錢給
他。）

客人　　　（一看錢就勃然大怒，生氣地拍床）什麼，才一千多
　　　　　塊，他媽的，妳以為我是乞食哦！將所有的錢攏拿
　　　　　出來！

　　（客人仍用刀子逼張小姐走向舞台右邊進房間裡去拿，將她推往右
邊下場，張小姐哭著下場。）

張小姐　　（拿著五千塊錢走出來，恐懼地交給客人）這⋯⋯這是
　　　　　我所有的私房錢了。（絕望地跪在按摩桌旁哭泣）

客人 （立刻抽走鈔票，邊數邊得意地笑）哼哼，這才差不
多，這位小姐，多謝妳的奉獻（揮揮手中的鈔票），
還有妳的合作，（轉身欲走，又再度回頭，走到張小
姐身邊得意地說）對付你們這款青盲哦，何必拿刀，
我一個巴掌（舉起手作勢要打張小姐，才想起來她根
本什麼都看不見，只好把手放下）妳也看沒啊！（有
點良心不安打不下去，但仍放狠話揮個空拳）我一個
巴掌就可以給妳打昏啦！哼！

（收好錢後，急忙下場。）

張小姐 （跪在地上，捶著按摩床，抬頭對天吶喊，抗議地大聲
疾呼）天啊！你怎麼這麼不公平！遇到這麼沒良心
的人，尊嚴還要被踐踏，到底這世界有沒有天理、
王法啊！

（哀戚悲憫的管絃樂迴響整個舞台，張小姐仍把頭趴在床上傷心欲絕地
哭泣著，燈漸暗，黑暗中張小姐下場，換景人員上場將按摩桌上的白布
撤掉，將桌子移到舞台中央定位後，立刻下場，音樂漸弱。）

第五場：神機妙算

（燈光隨著懋漳和仙女從左方上場時漸漸亮起，他們倆人手牽著手走至桌子後，一起陳設算命攤上的家當：鋪上紅布、擺好點字的命相簿、招攬客人的響板……等，懋漳先坐下，仙女站在他身邊對他說）

仙女　　　　好啦，那現在沒事了，我去前面買個東西，要是有事，你就用下山虎（按：響板的台語俗名）敲三下，我聽到就會趕過來。

懋漳　　　　（握住仙女的手，體貼地說）妳放心，不會有事的。
　　　　　　（仙女往左下場離去，下場前看了懋漳一眼，懋漳也朝仙女下場的方向揚聲說）妳自己也要小心一點哦！

仙女　　　　你也是哦！（下場）

懋漳　　　　（從桌後走向舞台前方，面對觀眾）雖然我很會算命，對命相很感興趣，也很有把握，但是在住家附近生意並不是很好，到外面擺攤子，常常聽到路人說（台語）：「你是真的還是假的，哪會假得那麼真？!」唉，（無奈地笑笑）他們不知道我是真的看不見，也常有人問：「你會算命，那你算得出自己會看不見嗎？」我總是回答他們：「我雖然眼睛看不見，可是我的心卻可以看到你們看不見的一些

事，而且看得很清楚！」由於眼睛的不方便，所有的命理都是背在頭腦裡，同時也用自己所發明的無字天書——點字命理書來算（回到桌後，拿起並翻開點字書說明著）。有一次，我在新莊派出所附近擺攤算命，有一位獅子會的會員朋友，來找我算。

（日泰扮演獅子會的會員，身著名牌襯衫，米色西裝西褲，從容地從舞台左邊上場，走到懋漳身邊。）

獅友	（台語）仙仔，算一次命多少錢？
懋漳	三佰塊就好了。
獅友	（豪爽直率地）錢不是問題，若是你算不準，你就是給我拉到警察局，我也是同款不給你錢！（坐在桌旁的椅上）
懋漳	沒問題，那請問你的出生年月日是？
獅友	四十八年十一月二十八日。
懋漳	那請問是國曆還是農曆呀？
獅友	是農曆。
懋漳	那很好，算命都是用農曆。那請問你是幾點出生的？
獅友	下午三點。
懋漳	申時，四十八年十一月二十八日申時（起身往左走捏指算來，低頭沉思了一會兒），己亥年丙子月癸未日庚申時（沉吟，走回獅友旁），從你的八字看來，你

| | 的財庫是相當的不錯，也很受長輩的疼愛，對父母 |
| | 也蠻孝順的…… |

獅友　　（聞言頗爲得意）大家攏嘛這樣說！

懋漳　　（緊接地說）至於六親緣份……！說到兄弟緣，雖然
相當不錯，可是……（打住不語）

獅友　　（緊張地問）是有什麼問題？

懋漳　　（直言）在這邊要特地奉勸你，切記千萬不要跟人合
夥經商，否則容易被扯後腿，（台語）俗語說：
「頭前是朋友，後壁是剪鈕。」不可以太信賴朋
友，特別要慎防小人。

獅友　　（驚訝）有影呢！我最近是給朋友倒不少錢！（點
頭，續問）先生，那……我的某緣又是安怎呢？
（站起來往舞台右前方走去）

懋漳　　先生……你是要聽眞的，還是好聽的？

獅友　　當然是要聽眞的啊，哪沒攏聽好聽的，甘不是在聽
你臭彈！（走回椅子坐下）

懋漳　　既然你這麼講，我就照實說來……眞遺憾，或許是
我算錯吧！你的夫妻緣很不理想，有七殺星，夫妻
容易起爭執、磨擦、不和諧，況且有入墓衰病死，
墓是墳墓的墓，入墓之時命夭亡，都已經埋葬在墳
墓裡面了，有也好像沒有一樣。

獅友　　（忍不住站起來，拍手驚嘆，一邊走到左邊說）唉呀，

哪會這麼準！我現在的太太是第五任，頭前的幾個，不是死的死，就是逃的逃啦……唉！

（感慨地嘆氣，此時仙女、美連扮演路人甲、乙從右方閒談進場，利利和柏璇扮演丙、丁從左右兩邊進場後在中央會合，兩組人馬看見懋漳在算命，都各在桌後兩邊停步下來，一邊聽，一邊看，一邊議論紛紛，竊竊私語。）

先生，那……我的囝仔緣又是如何呢？（焦急地走回來詢問）

懋漳　　先生，真歹勢，你千萬不能生氣，你就當作我是黑白講的好啊！……可能我算不對，五木衰病死，始終至老無兒郎，（國語）俗語在說：「有子也會變作無子命。」你的子緣真不好，若是查某仔是不在命。

獅友　　（恍然大悟般，走向舞台左前）哦，原來是這樣哦！我是有財無丁啊！到現在，連一個後生也沒，只有兩個查某仔。

懋漳　　這個八字除了以上所算的之外，命中還帶有兩個桃花，一個是外桃花，一個是紅豔桃花。

　　（後面四個女人指指點點，熱烈地討論著。）

獅友　　（有些被議論得不好意思地急忙走回至懋漳身邊，小聲地問）先生，什麼是外桃花？什麼又是紅豔桃花？

戇漳	帶外桃花的人在外界很有異性緣，如果一個女人家命中帶有紅豔桃花，那就會「多情多慾少人知，眉開眼笑樂分分，任是世家官宦女，花前月下也偷情。」就是在路上相逢，也可以當路而居啊！很容易紅杏出牆哦！（旁邊女人一聽都更嘩然興奮地議論著，獅友則更加不好意思地推著眼鏡，不安地握拳咳嗽。）先生，咱查甫人若有帶紅豔桃花，有的是非常注重外表，有的則是較好酒色。

（此時獅友馬上從身上拿出一瓶香水，往戇漳身上一噴，戇漳聞香點頭，輕聲笑著。）

獅友	原來是命裡攏有注定的……
戇漳	先生，在這裡奉勸你，在酒色方面，千萬要節制啊！

（旁邊的女人發出輕笑聲，對獅友指指點點，獅友覺得有些困窘，起身想走。）

獅友	哦，是，是，是，是，多謝你啦！今天就算到這兒好啦！
戇漳	咦，你的年運還沒算呢？
獅友	（欲趕快逃走，揮手說）不用了，不用了，算到這裡就好了！（從口袋掏出一張千元大鈔交給戇漳，握著他的手由衷佩服地讚美）這是一千塊，免找啊！仙仔！你算得有夠準！（豎起大拇指）多謝喔！（欲離

開)

懋漳	（遞回鈔票）先生，給太多了，我找錢給你。
獅友	不免客氣，來去。
路人甲	（在獅友下場時問他）敢有準？
路人丙	（也靠過來問）真的很準嗎？
獅友	（不好意思地微笑點頭）真的很準。
路人丁	（問懋漳）先生，那你的電話號碼是幾番？
懋漳	29179325。
眾人	（齊聲重複）29179325。
懋漳	（笑答）對了，對了，噢，酒一吃，就想跳舞。大家若是不棄嫌，就多多給我幫忙介紹！（眾人一起鼓掌，有人說：好，有人說：沒問題）謝謝！謝謝！

（向眾人行禮答謝，燈光轉換，眾人往左下場，其中柏璇、逸真將算命攤的擺設快速往右撤下場。）

第六場：生產線大將

（懋漳緩緩走向舞台左前方，燈光又漸亮起，他徐徐地說道）

懋漳　　　後來，我在新店一家塑膠公司從事包裝工作，白天上班，晚上算命，這一做就是十六年，買下了自己的房子，一直做到這家公司遷移到大陸，資遣員工為止。最近我也在一家電腦周邊產品公司從事摺盒子的工作，摺一些大大小小的盒子來包裝電腦的配件，像是小老鼠、網路卡等，我摺的盒子，損壞率低，速度又比別人快，很得老闆的肯定和歡迎。我在整條生產線中，是坐在第一關摺盒子的（自信地邊說邊走向桌後的椅子坐下），有一次……

（柏璇扮演年輕的同事穿休閒服，背著包包，從右邊匆匆忙忙上場，對懋漳說）

同事　　　大哥，早啊！

懋漳　　　早！

同事　　　大嫂又帶你來哦！

懋漳　　　是啊！

同事　　　上次大嫂帶來的牛肉乾好好吃哦！

懋漳　　　改天再叫她多帶一點來給妳！

同事	那怎麼好意思?!
懋漳	別那麼客氣啦！

（懋漳邊說邊摺盒子，摺得又快又好，同事的動作則是笨拙又緩慢，做壞了的盒子，就隨手一丟，丟得滿地都是。）

（承川扮演老闆穿著紅夾克、藍褲子從左邊進場，走到懋漳身邊，看到他做的盒子，不禁滿意得點頭稱讚，拍拍懋漳的肩膀說道）

老闆	摺得很好！
	（接著又往右走到同事的身邊，看到滿地的垃圾，不禁忍不住皺起眉頭，微慍地對她說）
	看看妳弄得什麼樣子，堆得一地的垃圾！
	（生氣地把手一揮，轉回懋漳身邊，挖苦著同事）
	我說懋漳，你很有福德哦！就坐在福德坑旁，你周圍都是垃圾。
懋漳	（困惑不解）不會啊！我平常一個盒子都不會摺壞，周圍也不會有垃圾啊！
老闆	我知道啊！我是擔心你等一下被垃圾絆倒了，我知道你摺盒子的技術是一流的。

（同事這時很不好意思地趕快清理地上摺壞的盒子，從右邊快速下場，拿出去丟。）

老闆	懋漳，你做一年以後，就有一週的特別假，到時候你會休息吧！
懋漳	（笑笑）當然啊！或許，我會出國旅遊哦！

（同事從右方進場，回座摺盒。）

老闆　　　　（揚聲說道）到那時候啊，我們生產線一定會出問題（意味深長地看了同事一眼，同事忙把頭低下），因為沒有人再比你摺得更好更快了！

（老闆欣賞地拍拍懋漳的肩膀，懋漳不好意思地微笑起身和老闆一起從左方談笑下場。）

第七場：忘年之交

（燈光轉換，溫暖的音樂進場，柏璇、逸真在微暗中將桌子移至舞台中央偏左垂直放置，同時吹笛人自舞台左後方走向前，燈光在他身上漸漸亮起，在換景人員換景之時，對觀眾說）

吹笛人　　　除了一馬當先的生產線大將之外，我們的工作還常常交到很多不同的朋友，也有忘年之交，像Koyo-san和國平。每個禮拜，學校退休的校長Koyosan 最期待的，就是和國平的約會了。

　　（吹笛人坐在舞台左前方的椅子，轉向右方面對Koyosan和國平的表演區，國平早已在場上整理他的按摩床，期待著Koyosan的來臨。）

　　（音效門鈴聲進，國平出場去開門，迎接Koyosan進來，承川扮演老紳士Koyosan，身著米色西裝西褲，戴著金邊眼鏡，兩鬢飛霜，面容和藹可親地和國平一起自右方進場，兩人一邊走一邊用台語及日語閒聊。）

國平　　　　Koyosan, O-Hi-Yo! 今天有買雞翅沒？（嘴饞地問）

K　　　　　有，有，有（寵愛地將雞翅袋子遞到國平手中），你吃完要洗手哦！

　　（國平伸手就拿了一個放進嘴裡，K也拿一個放進嘴裡。）

國平　　　　我兩人來比賽，看誰吃較快？！

K　　　　你慢慢吃，沒人給你搶！我先進去，進來要洗手哦！

（Koyosan 脫外套，熟悉放鬆如在家一般，趴在按摩床上。）

國平　　　安啦！

（國平出場放下食物，放音樂，又立刻進場，頓時場上充滿了新世紀自然音樂裡流水蟲鳴的聲音和悅耳的旋律，高興地問 Koyosan）

這音樂你有愜意沒？

K　　　　好聽，我最愜意來你這裡聽音樂、開講兼抓龍。

國平　　　你稍等一下。

（又下場去放音樂，音樂換成「新寶島」振奮昂揚的台語自創團歌，國平興奮地問）

按怎？這有好聽麼？

K　　　　不錯，也是不錯。

國平　　　（得意地）這是我們團員自己寫自己唱的呢！

K　　　　很好，真厲害嘛！……唉！不像我，最近身體壞，全身軀都在痛。

國平　　　（用心替他按摩）……有一些經絡硬化的現象。

K　　　　（擔憂地）會很嚴重嗎？

國平　　　（樂觀地拍胸脯）只要有我在，我們一定強，來，每週一招！（使出渾身解數，幫 Koyosan 按摩拍打。）

K　　　　真爽快，還是你們這些少年仔有衝勁，我老啊，沒

效囉！（感慨地説）

國平　　（打氣）校長也可以發展你少年的志趣啊！

K　　　沒效啊啦！

國平　　我還記得你以前也很喜歡寫寫文章，你還可以再拿
　　　　筆來寫寫文章啊！

K　　　不過，我還是感覺身體較要緊啦！你看，我穿這件
　　　　健康衣是日本的哩！就是怕中風！

國平　　很拉風哦！對啦，我們又有表演哩，你要來看沒？

K　　　不行啦！我要待在厝裡休息，我在報紙有看到你們
　　　　消息，相片刊得好大，很行哦！

國平　　這次你一定要來看！換邊（日語）。

　（Koyosan 換邊給國平按摩）

K　　　你這每週一招很有效哦！（誇獎道）全身都鬆鬆
　　　　的，很爽快！（大吐一口氣）

國平　　（日語）謝謝誇獎！

K　　　好啊啦！今天這樣子就有夠啊！A-Li-Ga-Do，真多
　　　　謝！（起身從褲袋掏出一張千元大鈔交給國平，開玩笑
　　　　地説）你怎麼知道我給你的是一千塊還是五百塊
　　　　呢？

國平　　一定是一千的啦！多謝你的雞翅！我寄票給你來看
　　　　我們表演，你看了以後，心情一定會很好，心情放
　　　　較開，身體也會較好，好嗎？（扶 Koyosan 穿鞋，

穿西裝）要常來，好嗎？慢走，再見！（日語）請掌聲鼓勵（日語，Koyosan 開心地拍手），再次鼓勵！

（日語，Koyosan 又拍手，笑呵呵地揮手離去。）

（送 Koyosan 離去後，面對觀眾略帶憂心地說）

Koyosan 是我作劇團後剩下唯一的一個客人，認識也有五、六年了，已經成為很好的朋友，我也很期待著每週一次跟他的約會，除了幫他按摩之外，又可以談天說地，逗他開心，他的年紀也大了，我也不知道還有多少這種機會了。

（國平有些黯然地下場，燈光轉換，音樂轉成明朗輕快的交響樂，逸真、柏璇上場撤掉按摩桌，日泰、仙女上場擺上三張摺疊椅在舞台右前方，眾人下場。）

第八場：自然最美，助人學習最快樂

（令功從舞台左邊，隨著音樂節奏，手作著自由式的游泳動作，划行進場，燈光漸亮。）

令功　　　我喜歡游泳，浮在水上的感覺，讓我這個大胖子突然變得輕盈靈巧起來……（輕鬆地作著在水中游泳的動作）手一划，水一撥，悠遊自在，不亦樂乎！（往右邊划行，又轉圈往左邊，定在舞台中央偏左處）我也喜歡唱歌，把我內心的喜怒哀樂表達在歌聲裡，我常常一個人在屋子裡、浴室裡，毫不在乎地大聲唱歌（開始唱「滄海一聲笑」，歌聲宏亮，嗓音雄渾），「滄海笑，濤濤兩岸潮……」，唱到自己傻笑，流淚起來……（往舞台右邊走）我也很喜歡到郊外踏青，在一望無際的大草原上（往左奔跑一圈，回到舞台中央偏左處），在草地上打滾（在地上作側身、前後翻滾的動作，坐在地上），聞聞青草的香味（把手掌放在鼻子聞），好舒服哦！（敏捷地跳起來，往前走）我更喜歡吃好吃的東西，要不是為了身材，我真想天天大吃大喝，我最羨慕那些怎麼吃都吃不胖的瘦子。我是一個弱視，臉上戴著高度的近視眼鏡、眼

睛又有黑影，我以前很喜歡出國旅遊，吃各國不同
的山珍海味，可是……現在……我卻很怕出國旅遊
去吃飯，在氣氛很好的餐廳裡，燈光昏暗……

（仙女、逸眞穿輕鬆便裝，飾演令功的朋友A、B從左方進來，在舞
台右下角坐成半圓形，細聲交談，一邊作拿碗筷吃飯夾菜的動作，令功
邊說話邊慢慢走近她們，坐在她們中間。）

令功　　　　我看不清楚菜色，又不好意思麻煩別人，只好自己
　　　　　　亂夾一通……（開始作吃飯夾菜的動作）

朋友A　　　來，來，來，吃菜，吃菜，吃菜。

朋友B　　　（看到令功夾到大蒜，提醒他）令功，那是大蒜啦！

（令功很糗地作大蒜丟在旁邊的動作，重新夾一次。）

朋友A　　　（看到令功夾到蝦殼，趕忙說）令功，令功，你夾到蝦
　　　　　　殼了啦！

（令功又沮喪地把拿到的蝦殼丟在一旁，再舉著拿菜一次。）

朋友B　　　等等，令功，那是骨頭啦！

令功　　　　（終於因受不了而放棄，嘆了一口氣，作放下筷子的動
　　　　　　作，默默離開朋友，低頭走向舞台正前方，對觀眾說）
　　　　　　唉！就是這樣，雖然很想好好吃一頓，大快朵頤，
　　　　　　可是……卻常常吃到骨頭或是別人吃剩的蝦殼……
　　　　　　所以現在，我也不是很喜歡和朋友出去聚餐了，因
　　　　　　爲還是很不能習慣等待別人爲自己夾菜的滋味……
　　　　　　在家裡，家人也儘量叫我不要作任何事，好像突然

成了個廢人。這半年來，我索性就都待在家裡，很少出門，也很少說話……直到盲人福利協進會主動來聯絡我去上課，我才整個人又活了起來。

（日泰扮演老師拿講義從左方上場，仙女和逸真扮演學員A、B，將椅子拿到舞台中央排成一排，作下課時學員站著彼此閒聊的動作，令功走向她們。）

學員A　　令功，麻煩你帶我去洗手間。

令功　　　沒問題！（牽仙女從左方下，又再度進場。）

學員B　　令功，麻煩你幫我倒杯茶。

令功　　　（立刻轉身又下場，邊說）沒問題。（立刻端出一杯茶，走向學員B遞給她。）

老師　　　令功，你可不可以幫老師把這份講義用盲人電腦打出來？

令功　　　（走向老師，拿講義）沒問題。

老師　　　真是謝謝你了。

令功　　　（走向前方，同時其他三人各拿一張椅子從右方退場，令功面對觀眾，恢復自信地說）因為我是弱視，所以學習上比全盲的朋友方便，我在那裡變成了一個可以幫助別人的人，又可以學習許多新的技能和知識，我最近啊，還上了易經、烹飪，甚至是編織課呢！我會繼續學習下去，持續學我想學的東西，一直到我不能上為止。（轉身從容自右方下場。）

第九場：戰鬥訓練

（此時場上音樂轉換成壯盛開闊的「男兒當自強」，柏璇、逸真將長桌自右方搬進場中，橫擺置於舞台中央，懋漳、美連、玉美、仙女扮學員成一縱隊，精神抖擻地配合音樂，數著「一、二、一、二」的拍子，左手拿鍋鏟，右手拿鍋子，每個人都頭戴白色的廚師高帽，身著白色的廚師衣服、圍裙，整齊劃一地從右方踏步進場，在他們進場換景的同時，斑衣吹笛人在舞台左前方一邊面對觀眾介紹著）

斑衣吹笛人　　各位朋友，最近要新開張一家由盲人和弱視的服務
　　　　　　　人員所組成的「無障礙空間」餐廳，你們知道嗎？
　　　　　　　他們正在緊鑼密鼓地接受戰鬥訓練呢！我們來看看
　　　　　　　他們今天燒的是什麼菜？！

　　　　（吹笛人走向舞台左後方，定位傾聽，此時，廚師、學員們已在舞台中央的桌後定位，音樂持續昂揚地進行著，承川扮演的老師，身著同一款式顏色的廚師衣帽，從舞台左邊大步進場，在中間偏左的位置，站定發話。）

老師　　　　　今天我們要來練習做「寶島紅燒肉」，（四名學員很
　　　　　　　有精神的齊聲複誦「寶島紅燒肉」，老師一邊在右方闊
　　　　　　　步走來走去，一邊如數家珍地說道）要準備作料油、
　　　　　　　花椒、辣椒、麻油、醬油、老薑、鹽和糖，還有五

花肉三斤……

（老師一邊說的同時，學員們一邊手忙腳亂地找作料，一邊在桌上摸來摸去，一邊彼此詢問：「花椒在哪？」「鹽在哪？」「薑呢？」每一個人都找到一樣，就大家一起作傳著使用的動作，老師見亂狀，輕咳示意學員安靜，學員全部低下頭，不敢再作聲，老師才繼續說道）首先，紅米要用果汁機打碎（學員整齊地複誦「果汁機打碎！」後，一起作左手下壓，右手快速轉圈，果汁機攪碎的動作，口中一邊同時發出「嗯」的果汁機機器聲），再把五花肉用水洗淨弄乾，醃上鹽巴入味（老師作功夫手勢，彷彿將鹽巴抹上五花肉，學員們一起傳鹽罐，將鹽巴放進自己的盤中入味，一邊搓揉一邊說「沾上鹽巴」、「沾上鹽巴」、「沾上鹽巴」，然後雙手作抹鹽巴入味的動作，一邊一齊叱喝「前後！前後！前後！前後！」）放進冰箱裡（大家一起作轉身開冰箱，放盤進冰箱的動作），醃好以後再放在爐上燉一小時半（大家一起摸錶，邊依序說「半個小時」、「一個小時」、「一個半小時」），好！七分熟後開始調製醬料，加冰糖四湯匙（眾人再複誦一次「冰糖四湯匙」後，學員一邊作以湯匙四次加糖的動作，一邊一起數：「一、二、三、四」），放入白砂糖一量杯（學員一齊複誦「白砂糖一量杯」後，作倒量杯的動作），油四湯匙

（一齊複誦「油四湯匙」，再齊數「一、二、三、四」，
邊作四次加油動作），熬成黏稠狀（所有人開始作用鍋
鏟攪拌醬料的動作），此時再加上大茴香、八角、老
薑、蔥、醬油（大家一起作加各種調味料的動作），煮
好後，再拿出七分熟的肉（大家再一齊複誦「七分熟
的肉」，轉身作拿肉的動作），將醬料淋在上面澆灑
（大家一起作淋醬料在肉上的動作），再燉二十分鐘
（大家再複誦「二十分鐘」，同時作轉身放肉的動作），
即可入味。（此時只有懋漳一人又搖頭晃腦地跟著老
師複誦「即可入味」，其他人都笑他「這句不免講啦！」
「不免講啦！」，此時老師走向舞台右邊，巡視他們繼續
說道）時間（所有人低頭摸錶），嗅覺（所有人低頭深
深一聞），火候（所有人作用手指探觸熱食溫度，又快
速彈開的動作），味覺（所有人都作用手指抓食物，放
入嘴中品嚐的動作，同時咋舌作聲，作出種種好吃的表
情和聲音）是一個優秀大廚師必備的條件！你們還
要多多加油哦！

學員　　　（一邊作從鍋中鏟起菜餚的動作，一邊七嘴八舌說：
「好香哦！」「這個客人吃了一定會很喜歡！」「什麼時
候可以吃？」老師又咳嗽示意安靜，眾人忙雙手端起盤
子，一起伸手端向正前方）老師，我們做好了！

老師　　　嗯，很好，等一下我們再來好好品嚐。

（音樂轉換成酒吧裡的抒情老歌，慵懶而旖旎地流洩出來，燈光轉換成藍紫粉紅的夜晚，此時逸真、柏璇作酒保打扮，紅襯衫、花頭巾、牛仔褲，從左方推出調酒車，將菜餚、盤子、鍋鏟收拾好，往右方下場，左方日泰則推入另一調酒車，陳設出四套調酒設備，放在四名學員面前，每一套調酒設備，都包括了：數個酒瓶、一個酒杯、一隻過濾器、一個調酒器、一個小碟子，碟子上有一顆櫻桃、一片檸檬和一支裝飾用的迷你彩色小紙傘。）

老師　　　現在，我們要接著練習——調酒。

（眾學員興奮騷動，紛紛脫下帽子，拿出口袋中不同花色的領巾，打起不同樣式的領結，擺出不同的酒保造型、姿態，準備大展身手，老師則在他們身後或左右來回走動，右手端著一杯調好的粉紅色的「Pink Lady」。）

首先，我們要來調的是粉紅佳人「Pink Lady」。原料是琴酒1/2盎司（眾人分別以手觸摸瓶形來認酒，又以手指觸摸量杯刻度以確定酒量後，將酒加入調酒器中），加上紅石榴汁2/3盎司（眾人再以嗅聞及觸摸方式確定汁液品種和度量後，倒入調酒器中），在調酒器中搖十五下（眾人快速齊數一至十五下，一邊雙手持器用力搖晃），之後再將酒濾過過濾器（眾人一起將調酒器中的酒，小心緩慢地濾過過濾器，濾入酒杯中），再將紅櫻桃置於杯中（眾人加上切好的帶枝紅

櫻桃於杯中），露出長長的櫻桃枝（眾人調整櫻桃的方向），檸檬片放在杯沿（眾人將檸檬片插上杯沿），最後再點綴上一把迷你的彩色小雨傘（眾人一一拿起小雨傘，細心撐開，再將它置於杯沿），你就完成了「粉紅佳人」！（所有學員都齊聲歡呼喝采，拍手叫好）聞聞看（眾舉杯近鼻齊聞），是不是很醉人？（眾人應聲答「嗯」！且皆有醺然陶醉的表情）來，讓我們一起來乾杯！（走向學員和學員們碰杯，眾人舉杯一起淺酌）祝福你們都能找到你們生命中的「粉紅佳人」！（大家開心地拍手「謝謝老師！」，老師接著說）一個偉大的調酒師，不僅要有一流的嗅覺，也要有一顆開放的心，關心你的每一個客人，還要有一雙溫暖的耳朵，時常為客人打開，傾聽他們「酒後的心聲」（眾學員都會心地笑了起來，彼此輕聲說話邊喝著調酒），讓他們不僅想喝你調的酒，更想來和你聊天說故事哦！

（酒吧的音樂聲轉大，燈光也開始轉換成閃爍旋轉的舞會燈光，逸真、柏璇、日泰上場換景，仙女、懋漳、美連、玉美兩人一組跳著舞各從左右兩邊下場，老師將手中的酒交給吹笛人後，從左方下場，此時斑衣吹笛人起身對觀眾說）

斑衣吹笛人　　歡迎各位朋友將來能到「無障礙空間」去嚐嚐他們的手藝，也跟他們交交朋友，說說故事。（喝一口

酒）粉紅佳人，果然不錯，誰的生命中不需要紅粉佳人來陪伴呢？接下來就讓我們來聽一段非常浪漫的Love Story⋯⋯

（燈光此時從旋轉燈轉換至舞台中央昏黃的燈光，抒情的台灣民謠鋼琴曲與抒情舞曲交錯後，漸漸滑入，吹笛人坐在舞台左前方的椅子上。）

第十場：紅粉知己

（利利穿粉紅色套裝，慢慢地從舞台右邊走出，戀瑩身著淡棕色襯衫，深褐色西褲，靜靜跟在後面送她，下面一段兩人邊走邊說，以國台語夾雜的方式對話。）

戀瑩	（不好意思地）……利利，我送妳回基隆好不好？
利利	不用了啦！
戀瑩	我……我想跟妳說一句話（害羞低頭）……很歹勢呢，妳……可以給我一個吻嗎？
利利	（故作正經斥責）你這個人！人間四月天後遺症很嚴重喔！要五十歲的人在街仔上這樣，不怕嚇死嚇陣！
戀瑩	（失望）妳不要給我親哦？……那讓我送妳到車站好不好？

（利利沉默不語）

戀瑩	（賭氣）那我自己回去好啦！
利利	（急）好啦！好啦！走吧！
戀瑩	（高興）來，我給妳牽。
利利	不用啦！我牽你好啦！
戀瑩	好心給雷親，好心牽妳還愛念，我自己走。（往舞台前方走，故意跌倒，摔在地上故作怨嘆地說）唉喲，

好痛喲，唉，又沒人要給我牽一下。

利利　　　（緊張地跑過去扶他起來）有按怎麼？要給你牽你又不要，青盲牛還那麼愛面子。

戀瑩　　　（開心）妳對我這麼好，我好感動，好想哭哭。

利利　　　大街上要哭哭，你不會不好意思。

戀瑩　　　有什麼好不好意思的。

利利　　　丟臉死了啦。（離開還自往前走）

戀瑩　　　妳不是要牽我嗎？算了，我自己走，用拐杖走。

　　　　　（賭氣地往舞台前方走去）

利利　　　（趕忙拉他回來邊抱怨著）你又在發什麼神經？!

（馬路車聲音效進）

戀瑩　　　有車來了，利利小心。

利利　　　好啦！好啦！我知道。

　　　　　（兩人一前一後地走著，停下來等公車，兩人離得遠遠地，沉默一會兒，利利又折回戀瑩身邊，語重心長地問）戀瑩，我現在眼睛還能看得到一點，你跟我在一起，萬一有一天，我完全看不到了，你會不會把我丟掉？

戀瑩　　　（鄭重又含蓄地）我始終不變的真情，是妳不悔的選擇。（珍惜地牽住利利的手）保證婚前不變質，婚後不縮水。

利利　　　（掙開他的手，把頭別向一邊）反正你們男人都是花

心嘴甜啦！

戀瑩　　　（拉回她的手）不要想這些有的沒的多煩勞，找機會
　　　　　求進步，每天歡喜快樂，才會沒人比！

　　（公車聲音效進）

利利　　　車來了，我走了，bye-bye。（匆匆轉身上車）

戀瑩　　　（大叫）利利，我們永遠都不要說 bye-bye！

　　（利利往左方下場離去，戀瑩則往舞台右前方走去，一邊開心的哼
著春風得意的歌曲，一邊走回家，坐在家中的椅子上說）

戀瑩　　　送走了利利，我就回家睡覺了，我想她嘴上說不，
　　　　　心裡卻是很高興甜蜜的，就像我，回家睡覺都睡得
　　　　　特別香。

　　　　　（用手支著頭，沉入睡夢中，作鼾聲，手機音效入，利
　　　　　利從左方進場，戀瑩作接手機動作，瞌睡聲音濃重地問）
　　　　　誰啊！

利利　　　是我！

戀瑩　　　啊？是妳！（突然清醒過來）妳在哪裡？

利利　　　我沒回家，我在你家樓下，我頭暈腳酸肚子餓。

戀瑩　　　我馬上下來。（立刻起身往左方利利處跑去）

利利　　　（一見戀瑩就激動地握住他的手，投入他的懷中）戀
　　　　　瑩，我不想失去你，不好意思讓你覺都睡不好。

戀瑩　　　（喜出望外）不要緊啦！牽手，妳要給我愛啊喔！

利利　　　不要離開我。

戀瑩	那……現在……親我一下。（利利在戀瑩臉頰上輕啄了一下）很不夠意思哦！
利利	（忍住笑）你很嚴重囉，要打119。
戀瑩	119是我開的，院長是我朋友。（戀瑩高興得一邊唱歌仔戲，一邊打拍子，一邊拉著利利的手跳舞）「勸君莫惜金縷衣，勸君惜取少年時」（冷不防把利利整個人從腰抱起，在空中轉了一圈，繼續唱著）「花開堪折直須折，莫待無花空折枝。」
利利	（一邊撒嬌地捶他，一邊求他）放我下來啦！都十一、二點了，不要唱了啦！
戀瑩	（輕輕放下利利，握住她的手）每一個男人都需要女人溫暖的手。

（戀瑩牽著利利的手，走回舞台右前方的家中，兩人並肩坐下。）

利利	好了，趕快睡覺了吧，不要講話了。
戀瑩	再講要送去精神科！
利利	（笑出來）知道就好，你一直愛惹我生氣，氣死了怎麼辦？
戀瑩	惜都未赴哦，生氣更加不甘。
利利	你再吵我要回基隆囉！
戀瑩	（把臉湊近）那……妳再許我一個……真正的吻吧！
利利	（嬌嗔地把臉轉開）我整夜吵你，害你這樣精神恍惚。
戀瑩	我充滿希望，希望有所表現，把榮譽給妳分享，帶

給妳幸福。

利利　　　（很睏地）好啦！好啦！我知道。快睡吧！

　　　　　（利利終於不支地先睡著）

戀瑩　　　（偷看利利是否睡著了）嘻嘻，睡著了，我去買豆漿
　　　　　和早點回來給她吃。

　　（戀瑩從左方悄悄下場，場燈轉暗，利利從夢中驚醒，發現戀瑩不
在身邊。）

利利　　　（四處伸手摸索尋找）戀瑩，戀瑩，你在那裡？

　　（戀瑩從左方再度上場，聞聲跑向利利，場燈轉亮。）

戀瑩　　　怎麼了？怎麼醒啦？

利利　　　你去哪兒了？……整夜都沒睡好，（有些憂愁地說）
　　　　　我剛才作了一個夢，夢到我們兩個人生下一個小孩
　　　　　……

戀瑩　　　（覺得稀奇）敢有影？

利利　　　我沿街問人說，拜託，拜託看一下我的小孩，有沒
　　　　　有什麼問題，他的眼睛……眼睛有沒有問題？

戀瑩　　　（幽默打趣地安慰她）我不會這麼會做人，都五十幾
　　　　　歲的人啊，哪還會生？來，吃早點吧！

　　　　　（打開袋子，拿出早點）

利利　　　肚子是有點餓，有沒有蛋餅？

戀瑩　　　有，有，什麼都有，只要跟我在一起，不要再生
　　　　　氣，我們在一起，什麼都有。

（拿蛋餅給利利吃）

利利　　　　（自己吃一口後，羞澀又體貼地餵戀瑩吃）來，你也吃
　　　　　　一口。

戀瑩　　　　我也很喜歡吃蛋餅耶！

利利　　　　有沒有米漿？

戀瑩　　　　有，來，喝一口。

（戀瑩餵利利喝一口米漿，燈光漸漸變暗，照著兩人親愛的吃喝談笑身
影漸漸變暗，兩人相攜相伴往右下場。）

第十一場：打開心內的門窗

（明朗飛揚的鋼琴聲滑入，場燈漸漸轉為明亮，斑衣吹笛人走到舞台中央對觀眾說話）

斑衣吹笛人　　雖然我們的眼睛看不到或是看不清楚身邊親愛的人，或是周遭美麗的山水風光，但是我們所感知的世界和人生，依然是豐富、美麗的，充滿了各種色彩、聲音、味道、觸感、驚奇和變化。就像你們今天聽到的這些故事一樣。而且，只要我們打開心內的門窗，我們夢想的翅膀就會帶著我們展翅高飛（吹笛人舞動著兩隻手臂，彷彿高飛入雲般的快樂），用我們的心，看到許多美麗的風景和圖畫。

（吹笛人走向舞台左前方，此時所有演員都換上全白的休閒服，從舞台四面八方的不同角落進場，各就定位，或站或坐，所有的人都面帶微笑，面對觀眾跟著音樂節奏，輕鬆地擺動著身體，玉美、秀英坐在舞台左前方的地上，背靠著背，側對觀眾，令功站在舞台左後方，美連坐在舞台中央偏左的椅子上，戀漳站在舞台正中央，戀瑩和利利在舞台中央偏右處，利利坐在椅子上，戀瑩站在她身後，國平則站在舞台右後方。）

懋漳 　　　　（站在舞台中央充滿期盼地說）我希望，希望有一天
　　　　　　能看見的話，我要陪著我的老伴。

　（仙女從右方上場，懋漳伸出手來迎接她）

仙女 　　　　懋漳，我也會一直陪著你，我們孩子都大了，都飛
　　　　　　走了，我還是會一直陪在你身邊。

懋漳 　　　　她，就是我的老伴。（懋漳微笑地挽住仙女的手）一
　　　　　　起遊遍世界各國，我要去義大利的聖彼得大教堂，
　　　　　　親眼看看米開朗基羅雕刻的大衛像，還有國外許多
　　　　　　的歷史文物和文化景觀，到加拿大看看落磯山脈的
　　　　　　山光水色，還有紐西蘭滿山遍野的羊群，雪白的山
　　　　　　峰……平常走路也不會寸步難行，撞得七葷八素…
　　　　　　…

令功 　　　　（站在舞台左後方，明朗地說）我希望，希望基因工
　　　　　　程能早一天突破，我的視網膜能重建，希望能重新
　　　　　　再開著快車，在路上奔馳，享受那種刺激的速度
　　　　　　感，也希望到老了，身邊也能有一個老伴，一起坐
　　　　　　在公園裡，聊聊天，談談往事……不至於一個人在
　　　　　　安養院裡度過餘生……

美連 　　　　（坐在舞台中央偏左，幽默詼達地用國台語夾雜著說）
　　　　　　作人要「四」好，不是「死」好喔！就是要有老
　　　　　　本、房子、身體和老朋友，不是老伴哦，因為不知
　　　　　　道誰會先「過去」。眼睛不好以後，眼明朋友越來

越遠離我，找眼明人很不容易，現在有閒，常去陽明山上洗溫泉，那裡空氣好，又有好吃的，又可以一起洗溫泉，也遇到很多歐巴桑，我自己也是歐巴桑嘛！（笑）大家作伙開講很投緣啦！我現在就是希望有談得來的「女朋友」，不要「男朋友」，「女朋友」才能談心，我也有家，她也有家，我們都沒事了，比先生還好，先生有時候還不太能溝通，會刺激到我的痛處，還是「女朋友」比較貼心。

玉美　　（和秀英背靠背坐在舞台左前方，兩人邊跟著音樂前後搖擺著上身，邊怡然地說道）其實，視障者的天地也不完全是黑白的，像我，我擁有一個幸福美滿的家庭，有一個愛我的先生，還有兩個乖巧的孩子。我的心願不大，只要我的家人都健健康康、平平安安地生活在一起就好了。

秀英　　（和玉美背靠背，隨音樂擺盪了一會兒，接著開心地說）我啊！我希望賺很多的錢（雙手在空中畫一個大圓），躺在鈔票上面（使勁往玉美的背躺下去，玉美彎腰配合著），買一幢很大的房子（坐直起來，又比劃了一個更大的圓），與家人共築一個小天地，請朋友一起來玩……

利利　　（坐在舞台中右方的椅子上，企盼地說）我希望，好希望有新科技可以移植視網膜，因為……我還是一直

走不出去，每天就只有出去買菜，買完菜就立刻回家，一個人出來很沒信心，坐公車常一班一班就這樣錯過了，心理一直都還很不平衡，也怕孩子覺得很沒有面子，他們雖然常給我很大的支持，但是我還是好希望能看得見……

懋瑩　　（站在利利身後，沉穩地指利利說）她都罵我神經病，說我crazy啦！（正色地說）我的確跟大家不一樣，對於眼睛，我已經接受了事實，我希望當一個偉大的演講家，能感動群眾的心的演講家，講到傷心時，讓大家垂下幾滴淚，講到高興時，讓大家為我加油吶喊：「視力挑戰者第一！」（左手舉起來作呼口號狀，大家一起叫好鼓掌）聽眾對我的疼惜是我進步最大的動力。（以下用台語）俗語在說：「稻米若是越飽穗，頭殼就越放低。」（以下國語）成就美好，尋覓高尚，來回報大家。

（掌聲又起，懋瑩點頭含笑致意。）

利利　　好了啦，懋瑩，不要再講了啦。

懋瑩　　我還可以再講最後一句嗎？（把手溫柔地搭在利利肩上說）（以下台語）我也希望，我的牽手能夠跟我作伙，分享我的快樂，雖然眼睛不好，我也希望有一個健康溫暖的家庭，「疼某救台灣，惜囝顧自己！」你們說有理沒？（掌聲叫好聲再起）夫妻就要互相扶

	持，你們都是你們自己的第一，要不斷地累積能量，充實自己，不要夫妻吵架，產生裂痕，對嗎？
眾人笑著說	對啦！對啦！對啦！
戀漳	（台語）好啊啦！可以換別人啊啦！你哦！每次一講話就停不下來！該國平了啦！
國平	（戴著墨鏡，站在舞台右後方虔誠地說）我有兩點心願，第一個是希望我的女兒能平安健康地長大，她的成長是我最大的喜悅，第二個願望是希望成為盲界藝文之父，匯集各界的支持，蓋一個伸縮舞台的劇場，讓所有視障朋友和其他有不同的身體挑戰的朋友，都有展現藝文才華的舞台……讓國外的朋友，都有機會看到台灣有這麼一群可愛又特殊的表演者……

（眾人一起鼓掌、吹口哨、喝采。）

（此時燈光慢慢轉暗，溫暖地佈滿整個舞台，吹笛人從舞台左邊走向演員，邊親切地說）

| 斑衣吹笛人 | 夜越來越深了，再次感謝各位朋友，收聽由我斑衣吹笛人為你主持的「越夜越美麗」，希望大家都能實現自己的夢想……也謝謝今天所有跟我們說故事的每一個人，祝福你們，大家晚安。 |

（此時所有演員都向前方的吹笛人靠近，聚攏成一排，吹笛人拉起大家的手高高舉起，所有演員面對觀眾一起彎腰，深深一鞠躬後，吹笛人拿出口袋裡的笛子，吹起悠揚的曲調，在吹笛人的笛聲帶領下，每個人的手搭上前面人的肩膀，一行人緩緩在音樂聲中漸行漸遠，全部下場。）

附錄

劇本選錄CD

CD曲目及演出資料

CD 1

《我駕著翅膀穿透黑夜》

1998年12月2日現場演出版

1. 第一場：秘密花園

2. 第二場：假如世界上的人都看不見

3. 第三場：按摩人生

4. 第五場：身份證

5. 第六場：其實我看得見

6. 第七場：生日快樂

光鹽愛盲服務中心主辦及演出

編劇楊璧瑩及全體演員共同創作

導演：謝念祖

演員（出場序）：

陳一誠，孫長清，涂惠珠，劉懋漳，尤天福，尤大嫂，薛玉鳳，
陳佩妮，邱杏玲，陳玨娟，黃嘉堂，賴美綾，張嘉慧，黃圓珍，
唐梅娟，張珮芸

CD2

《斑衣吹笛人，越夜越美麗》、《黑夜天使》

新寶島視障者藝團演出作品

團長：陳國平

編劇：王婉容

《斑衣吹笛人，越夜越美麗》

1. 序場：刺激的「香蕉船」

2. 第四場：沒天理的世界

3. 第十場：紅粉知己

4. 第十一場：打開心內的門窗

《黑夜天使》

5. 序場：黑夜來臨

6. 第一場：夜鳴

7. 第四場：酷愛自由的杜鵑鳥

8. 第五場：珠算比賽

9. 第六場：吃苦像吃補

10. 第九場：彈塗魚

2001年由汪其楣、王婉容聯合劇場演員錄製有聲書

蘇育樟配樂及音效設計

演員（出場序）：

《斑衣吹笛人，越夜越美麗》

　　　　王婉容，王永慶，姜富琴，藍文希，林郁智，蕭正偉

　　　　林竹君，李育芳

《黑夜天使》

　　　　藍文希，林竹君，王永慶，朱宏章，蕭正偉，王婉容

　　　　姜富琴，林郁智

歌曲：夜鳴

詞／曲：劉懋漳

編曲：蘇育樟

演唱：王永慶

歌曲：走出孤獨

詞：方惠光

曲：翁孝良

演唱：王永慶，林竹君，王婉容，蕭正偉

OP：GREAT MUSIC PUBLISHING LTD.

聲音後製編輯：徐清原，蘇育樟

錄音室：動物園錄音室

地址：台北縣淡水鎮水源街2段140巷8號

電話：(02)26238925

製作人：汪其楣

執行製作：李育芳

感謝　李莉‧黃金美‧賴君佩‧劉叔康‧蘇清富

三犬基金贊助

國家圖書館出版品預行編目資料

我駕著翅膀穿透黑夜／王婉容, 楊璧瑩著. --初版. --
臺北市：遠流, 2002〔民91〕
面；　　公分. --（戲劇館；5）

ISBN　957-32-4566-3（平裝附光碟片）

854.6　　　　　　　　　　　　　　91001482

華文閱讀・第一選擇

遠流博識網
榮獲 1999 年 網際金像獎 "最佳企業網站獎"
榮獲 2000 年 第一屆 e-Oscar 電子商務網際金像獎 "最佳電子商務網站"

互動式的社群網路書店

YLib.com 是華文【讀書社群】最優質的網站
我們知道，閱讀是最豐盛的心靈饗宴，
而閱讀中與人分享、互動、切磋，更是無比的滿足

YLib.com 以實現【**Best 100**── 百分之百精選好書】爲理想
在茫茫書海中，我們提供最優質的閱讀服務

YLib.com 永遠以質取勝！
敬邀上網，
歡迎您與愛書同好開懷暢敘，並且享受 **YLib** 會員各項專屬權益

Best 100- 百分之百最好的選擇

Best 100 Club 全年提供 600 種以上的書籍、音樂、語言、多媒體等產品，以「優質精選、名家推薦」之信念爲您創造更新、更好的閱讀服務，會員可率先獲悉俱樂部不定期舉辦的講演、展覽、特惠、新書發表等活動訊息，每年享有國際書展之優惠折價券，還有多項會員專屬權益，如免費贈品、抽獎活動、佳節特賣、生日優惠等。

優質開放的【讀書社群】 風格創新、內容紮實的優質【讀書社群】—金庸茶館、謀殺專門店、小人兒書鋪、台灣魅力放送頭、旅人創遊館、失戀雜誌、電影巴比倫……締造了「網路地球村」聞名已久的「讀書小鎮」，提供讀者們隨時上網發表評論、切磋心得，同時與駐站作家深入溝通、熱情交流。

輕鬆享有的【購書優惠】 **YLib** 會員享有全年最優惠的購書價格，並提供會員各項特惠活動，讓您不僅歡閱不斷，還可輕鬆自得！

豐富多元的【知識芬多精】 **YLib**提供書籍精彩的導讀、書摘、專家評介、作家檔案、【Best 100 Club】書訊之專題報導……等完善的閱讀資訊，讓您先行品嚐書香、再行物色心靈書單，還可觸及人與書、樂、藝、文的對話、狩獵未曾注目的文化商品，並且汲取豐富多元的知識芬多精。

個人專屬的【閱讀電子報】 **YLib**將針對您的閱讀需求、喜好、習慣，提供您個人專屬的「電子報」—讓您每週皆能即時獲得圖書市場上最熱門的「閱讀新聞」以及第一手的「特惠情報」。

安全便利的【線上交易】 **YLib** 提供「SSL 安全交易」購書環境、完善的全球遞送服務、全省超商取貨機制，讓您享有最迅速、最安全的線上購書經驗